CW00741968

COLLECTION FOLIO

Régine Detambel

La verrière

Gallimard

Régine Detambel vit près de Montpellier. Kinésithérapeute, fascinée par la musique, la cruauté de l'enfance et les métamorphoses de l'adolescence, elle a souvent donné sa voix à de jeunes narrateurs. *Le long séjour* et *La quatrième orange* (Julliard), *Le jardin clos* et *La verrière* (Gallimard) sont ses romans les plus marquants. Elle écrit également pour les jeunes.

Régine Detambel a notamment reçu les prix Erckmann-Chatrian et Alain-Fournier.

Mais au milieu du carrefour était apparue la Reine d'Épée (*précédemment Angélique, la Magicienne ou la belle âme damnée, ou la condottiere), pour annoncer :*

— Arrêtez ! Votre dispute n'a pas de sens. Sachez que je suis la joyeuse Déesse de la Destruction, qui commande à la ruine et la reconstruction incessantes du monde.

ITALO CALVINO

Quand me suis-je roulée pour la première fois dans cette couverture marron, qui sentait le paprika et la menthe crépue, et que ma mère pliait, sur la troisième étagère du buffet, à côté du faitout, à portée de sa main ? Bien avant que j'aille travailler à l'épicerie, dans la rue qui fait l'angle avec le marchand de cycles, deux ans au moins avant mon baccalauréat, l'été de mes quinze ans. Bien entendu, cette couverture, c'est ma mère qui l'acheta, avec toute la haine précise dont elle était capable. Elle la choisit solide, épaisse, foncée et urticante. Il n'y avait que ma mère pour inventer un supplice pareil et le baptiser l'étouffoir à Mina.

Au bas de notre rue, quand on marchait du côté impair du trottoir, on se frottait vite à une façade toute grise. Elle portait des coups et des trous en forme d'accents, c'était notre maison.

Elle comptait deux étages, nous habitions le premier. La maison touchait, par la cloison de ma chambre, à un bâtiment rénové qui servait de bureaux à une banque. De l'autre côté, elle jouxtait une construction bien plus haute, au toit rayonnant dès qu'il pleuvait. On entrait par une porte vert bouteille, aussi lourde que la fonte, donnant sur la cage d'escalier. Au milieu de la porte, exactement en son centre, un bouton de cuivre ovale. À gauche, les vantaux du garage où mon père avait écrit, au pinceau rond et à main levée, interdiction de stationner. Leur bois était un foyer d'activités incessant pour les vers. Les pluies et les souris le rongeaient. Les lattes grises, elles les avaient taillées pointues comme un ouvrage de castor.

Contre le garage, une autre porte changeait de couleur avec les saisons et le vent de la rue tirait de sa boîte aux lettres une musique de Pan. Cette porte, articulée comme une persienne, donnait chez Mina. Quand elle partit, le patron de l'auto-école loua ce réduit pour y parquer des motos et la fente de la boîte aux lettres se mit à souffler l'essence.

Au bas de notre rue, quand on prenait soin de marcher du côté impair, on pouvait distinguer, de très loin, peut-être de quinze ou vingt mètres en contrebas, à travers le rideau de ma chambre, le reflet du sous-verre accroché à un clou et qui contenait une carte du Maroc. Le Maroc brillait comme une planète et je souriais, d'en bas, à la lumière que reflétaient les villes visibles comme des cratères sur une lune pleine : Tanger, Rabat, Casablanca. C'est Mina qui m'avait offert cette carte où les plaines sont dorées et les villes matérialisées par de gros points d'argent. Je ne possédais rien de plus brillant que cette carte toute couverte de métal et rendue plus éclatante encore par le sous-verre. Ma mère, elle-même, n'avait aucun bijou comparable.

Un jour de juin, alors que je l'aidais à repeindre la porte en bleu ciel, Mina se pencha vers moi pour me dire que le vent, dans la fente de la boîte, était celui du désert. Il lui apportait des nouvelles, il savait les histoires qui se nouent à Khénifra, où elle est née. Il savait ce que faisait son mari, qui était malade, et ses enfants restés à Safi. Même quand je ne serai plus là, il reviendra, le vent, et il te racontera une histoire.

Elle parlait bien, Mina, mais je n'ai pas compris tout de suite qu'elle me chantait des mensonges de conteuse. Quelque temps après son départ, j'ai vu, sur la carte dorée, une ville que je n'avais jamais déchiffrée (pourtant, je m'y suis penchée, sur cette carte) et qui s'appelle Volubilis.

Mes parents haïssaient le bruit. Ma mère surtout le détestait, dans toutes ses manifestations, musique, voix vraie ou télévisée, heurts, et même les soupirs et les éternuements auxquels on ne peut rien. La locataire du second, nous l'appelions la veuve. La fenêtre de sa cuisine, celle de sa chambre donnaient sur notre cour. Elle avait quatre-vingt-deux ans et portait des chaussures orthopédiques qui lui prenaient les chevilles. Elle marchait peu et se tenait dans un fauteuil placé à mi-chemin entre le séjour et la chambre. Aux heures des repas (onze heures et demie, six heures et demie), quand elle se levait, il est vrai que ses semelles traînaient. Ces promenades minuscules suffisaient à crisper ma mère, achevaient de la déséquilibrer. Un pas de trop surchargeait ses nerfs, écoute-la saboter, tu l'entends, elle le fait exprès, tous les jours elle vient me piétiner la tête.

Alors, ma mère prenait le balai qu'elle saisissait par la brosse et, la tête en arrière, bouche ouverte, les yeux plissés, elle pistait la veuve bruyante. Elle la devinait à travers le plafond. Pour ne pas perdre sa trace, elle glissait ses cheveux derrière ses oreilles. Parfois, du genou, elle butait contre un tabouret ou bien se cognait la hanche à la cuisinière. Tout entière à sa chasse, elle ne se plaignait pas. Pourtant, elle se fit souvent des bleus. J'avais l'impression qu'elle traquait une araignée noire qui venait se dissimuler sur le toit du buffet. C'est bientôt fini, tu vas te taire, oui, hurlait ma mère comme à un chien. Avec le manche du balai, elle frappait au plafond. Ces coups de pilon s'enfonçaient dans le plâtre. Des voisins, il en viendra d'autres et ils vont nous courir, comme des poux, sur la tête.

À l'arrière de la maison, les bruits venaient de partout et ce n'est pas étonnant qu'ils aient exercé, sur ma mère, une fascination si terrible. À ses amies, elle confiait que notre appartement avait été construit en dépit du bon sens. Elle aurait pu aussi bien affirmer que nous vivions dans un labyrinthe suspendu. Elle aurait dû avouer que les pièces s'emboîtaient de façon si extravagante qu'il fallait que je traverse la chambre de mes parents pour aller aux cabinets. Je devais aussi traverser la salle à manger pour rejoindre ma chambre. Un fauteuil large condamnait ma porte à moitié. Je n'entrais pas, je ne sortais pas de ma chambre. En vérité, je m'y glissais ou je m'en extirpais.

À cause de cette architecture fantastique, la maison souffrait d'une acoustique particulière. La porte-fenêtre de la cuisine et la chambre de mes parents ouvraient sur une espèce de petite cour intérieure, à ciel ouvert, à peine plus grande qu'une véranda et encaissée comme un torrent. Les murs des maisons qui l'entouraient montaient, à pic. Nous n'avions pas d'horizon. Si nous voulions voir le ciel, il fallait tirer la tête en arrière aussi fortement que si nous avions décidé de faire toucher notre occiput à notre dos. Il y avait, dans mon livre de sciences naturelles, un pigeon atteint du béribéri, qui se tenait ainsi. Nous pouvions aussi nous étendre sur le sol.

À l'exception d'une petite fenêtre, située à sept ou huit mètres au-dessus de la cour, tous ces murs étaient aveugles et effrayants. Je savais qu'ils représentaient l'envers tumultueux de la rue parallèle à la nôtre. En quelque sorte, cette rue s'adossait à notre cour. Elle s'y appuyait, elle s'y laissait aller. Les maisons montaient, si monstrueusement accolées, il y avait tant de murs, plantés dans tous les sens, qu'en définitive tout cela se refermait sur nous comme une mâchoire aux longs crocs poussés de travers.

La nuit, je parlais à Mina à travers la verrière. Je chuchotais, je plaquais la main sur ma bouche. Chaque fois, ma mère entendait. De son lit, elle menaçait. Elle la démolirait, la verrière, elle la remplacerait par des briques qui me priveraient de Mina, définitivement, de sa voix et des bruits habituels d'eau et de fer-blanc qui venaient de son évier. Quand Mina est partie, j'ai entendu, dans la cour, les murs haleter comme des chiens.

Ainsi, l'arrière de la maison avait ses caprices et ses dons singuliers de falaise. Les murs qui la cernaient traitaient les bruits et se les renvoyaient, pour les modifier, comme des parois de montagnes. Ils créaient des échos, ils dispersaient les cris, ils amplifiaient les scènes, ils répercutaient les toux. Ingénieusement, ils faisaient se mouvoir les sons. Toutes les hallucinations auditives, ils les fabriquaient. Ils donnaient indifféremment à la cour intérieure la résonance d'une grotte, une réverbération de cathédrale, un recueillement de désert. Et quand je pensais au désert, celui de Mina, le vent du sud se levait brusquement. Il fallait rentrer, vite. Les tuiles s'abattaient, le chapeau métallique d'une cheminée tournoyait comme une pièce de vingt centimes qu'on lance en l'air, d'un coup de pouce. Le vent arrachait aux murs, par plaques entières, le crépi mort. Je regardais, par la porte-fenêtre, se détacher des rectangles de pierre, longs et plats. Les plus petits étaient minces comme des cartes de tarot et tourbillonnaient à la façon des feuilles. Les plus gros, de la taille d'une stèle, tombaient tout droit. Aussitôt qu'ils touchaient le sol, ils explosaient. Mon père collait la paume de la main à la vitre. Il procédait de la même façon, en voiture, quand il roulait sur du gravillon et qu'il craignait que le pare-brise de l'Ami 6 n'éclate.

Après ces tempêtes, j'aidais ma mère à balayer. Je contemplais la balayette et la pelle comme si j'allais modifier le Sahara occidental. Pourquoi tu prends cet air ridicule ? Et elle laissait couler le sable dans un sac-poubelle.

C'est le vent qui avait brisé la verrière. Un morceau de ciment tomba chez Mina. Sur son matelas peut-être, ou dans l'évier, alors qu'elle avait mis, dans la petite bassine jaune, des pois chiches à gonfler. Le propriétaire n'avait pas voulu appeler le vitrier. La verrière était crevée. Mais s'il n'y avait pas eu l'éboulement, la folie familière de ma mère et l'avarice du propriétaire, alors je n'aurais pas connu Mina, ses paumes teintes au henné et le contact de son index, quand elle me laissait, quelquefois, lui embrasser les mains, son index rendu, par les travaux d'usine, rugueux comme une râpe à muscade.

La verrière était une saillie claire dans notre cour. Je l'ai vue d'abord, rectangulaire et basse comme une serre, doucement inclinée, donner l'air et la lumière aux cartons amoncelés dans notre garage, à l'évier de Mina, au coffre où elle pliait son linge. Ensuite, je l'ai vue comme une cloque qui faisait briller les chromes des motos garées en épi, le long du mur où Mina, autrefois, appuyait son matelas.

Je me penchais souvent, comme au temps de Mina, pour voir voler son châle rouge. Elle portait toujours le même châle, rouge, avec des lunes imprimées et des étoiles dorées. Je cherchais ses mouvements, auxquels j'avais prêté un sens heureux. Mais rien ne remuait. Cependant, une moto orange et rouge, sûrement une japonaise, que je distinguais à peine, ressemblait à Mina couchée. Le matin, avant de partir au lycée, je la contemplais. Et puis j'ai acheté une maquette. J'ai choisi une Yamaha, orange et rouge, à l'échelle de 1/12°. J'ai toujours trouvé aux motos, à cause de leur phare rond comme un visage, des airs, des mines, de vraies physionomies. Garées, le guidon tourné, on dirait des gens qui se tiennent mal et s'affalent sur la table, la tête dans la saignée du coude. Elle lui ressemblait, à Mina, cette Yamaha orange et rouge, au levier de frein peint, comme l'indiquait la notice, avec une laque métallisée et qui brillait autant qu'un bracelet. Cette moto penchée, c'était Mina, quand elle voulait me cacher qu'elle pleurait de fatigue et s'asseyait, la tête dans son bras, pour me faire croire qu'elle réfléchissait.

En une semaine à peine, j'avais collé la maquette, je l'avais limée, vernie. Je ne comprenais pas la course des câbles, je crois même que j'avais oublié de placer la Durit d'essence dans le moteur. Ce n'était pas d'une moto que je voulais, mais bien d'une statuette orange et rouge. Je l'avais posée sur la troisième étagère de ma bibliothèque, en partant du bas.

Les vapeurs d'essence montaient et traversaient la verrière fendue. Contre elles, ma mère et sa méchanceté ne pouvaient rien. L'essence était trop volatile pour l'étouffoir à Mina, l'huile de moteur trop subtile pour des cruautés de femme qui s'ennuie. Mina, je suppose que ma mère l'a regrettée, parce que tous les soirs, quand la tête lui faisait mal à cause de l'essence, quand elle entendait les moteurs chauds crépiter en refroidissant, elle avait peur, peur, nous vivions sur une poudrière. Il suffirait de jeter un clope, un mégot mal éteint et tu sais ce qui se passerait, je crois qu'il ne resterait plus rien de nous. Je le savais et j'y pensais chaque fois que j'allumais une cigarette avec le briquet que Mina m'avait offert. Elle l'avait acheté à Khénifra. Elle s'en servait pour le camping-gaz. Ensuite, elle utilisa des allumettes.

Ce briquet pesait à peu près aussi lourd qu'un verre plein. Il fallait y mettre quelques gouttes d'essence de temps en temps. Clarisse le faisait pour moi, elle avait promis de ne rien dire à ma mère qui croyait que ce briquet marchait au gaz, qu'il serait bientôt vide et que je n'aurais plus qu'à le jeter, comme un vulgaire briquet de matière plastique rose. À l'explosion, j'y pensais, et chaque cigarette l'échafaudait et la mûrissait. J'y songeais d'autant plus que ma mère, du temps de Mina, jetait ses mégots (éteints soigneusement, il faut le reconnaître, tordus dans un cendrier puis écrasés au talon, ma mère n'aurait jamais voulu avoir affaire aux assurances, aux experts venus constater le sinistre et peut-être même à la police) à travers la plus grosse fissure de la verrière. Mina avait fini par installer là-dessous une petite assiette. Elle l'inspectait régulièrement, avec l'air mitigé de reproche et d'hospitalité qu'on prend pour vider le cendrier du salon après que l'invité est parti.

À certains endroits, le verre était granité, étoilé, dépoli, d'un jaune lunaire. À d'autres, il était resté inexplicablement lisse. Il déformait, il grossissait. Plus rapiécé qu'un vitrail, il mentait. Mais je le respectais. Par lui, et seulement par lui, Mina recevait la lumière. Et de cette lumière, j'étais la gardienne au point de jurer que la verrière serait mon unique préoccupation et je me sentais alors la personne la plus riche du monde puisque j'étais là pour protéger Mina de la folie de ma mère qui obscurcissait tout.

Ma mère n'entra jamais chez Mina. Je me disais que si elle avait su dans quel nid de troglodyte Mina se levait, se lavait et mangeait, à quatre heures moins le quart, avant de partir à l'usine, elle n'aurait pas eu le cran de mettre au point ce piège d'oiseleur qu'elle appelait l'étouffoir à Mina et qui consistait à déployer sur la verrière, en l'étalant bien, l'épaisse couverture marron qui bouchait toutes les issues par où la lumière aurait pu entrer.

Ma mère jetait la couverture sur la verrière comme sur une cage, comme si elle avait voulu endormir une perruche. Déménage, fous-moi le camp, va-t'en avec tes odeurs de cuisine et ta musique arabe. Tes sardines puent. Et quand elle croyait entendre, chez Mina, une voix d'homme, ma mère criait espèce de putain tout en continuant à essuyer les verres qu'elle étouffait dans un torchon.

Aucun bruit ne circulait sur Mina, on n'en disait rien de spécial dans le quartier. Elle travaillait toujours, elle vivait à l'usine. Dans la journée, rien ne gênait, aucune lettre ne dépassait de la boîte pour effleurer le pardessus d'un passant, elle ne rentrait que pour dormir. Malgré tout, ma mère inventa des histoires énormes qu'elle racontait à Clarisse, son amie qui vivait de l'autre côté de la rue et dont mon père chuchotait, pour lui-même, sans presque ouvrir la bouche, elle ne porte pas de culotte, il y a des pellicules sur ses chaussons de velours noir. Ma mère hochait la tête (puisqu'elle entendait tout, en deçà et au-delà de l'ouïe humaine) et riait.

Un jeudi soir, nous avons dîné chez Clarisse. Sur sa télévision, il y avait un aquarium vide. Mon père y jeta la daurade grillée que personne ne voulait finir. Ma mère et Clarisse levèrent les bras au ciel parce qu'elles pensaient à la vaisselle qu'elles allaient devoir faire tout à l'heure. J'étais effarée à cause de ce poisson mort et gras, qui glissait lentement le long de la paroi de l'aquarium, pendant que sa peau cuite se déchirait, par secousses légères, en laissant une longue traînée huileuse. J'aurais dû m'enfuir ce soir-là, au lieu de regarder le poisson se dénuder tout seul de sa peau. Ma mère et Clarisse nettoyèrent l'aquarium, avec les assiettes et les couverts, dans la même bassine. J'essuyai la vaisselle.

Clarisse était plus belle que ma mère. Elle n'avait pas les cheveux cendrés. Ils étaient longs. Ma mère n'avait pas de sourcils. Le shampooing lui venait dans les yeux quand elle prenait sa douche. Mina avait d'épais sourcils de brune.

Je regardais ma mère étendre l'étouffoir à Mina sur la verrière, en grommelant des insultes entre ses dents. Aujourd'hui je remarque combien les mots étendre et épandre se ressemblent. Ma mère, attentive à son effort, avait l'air de semer du fumier partout où ses mains se posaient. Elle aurait ainsi épandu un fumier mauvais, incapable de fertilité. Et moi je ne pouvais rien faire. Je ne pouvais que regretter chacun de ses gestes de jardinière maléfique et me promettre que, dès qu'elle aurait tourné le dos, j'enlèverais cette couverture, épaisse comme une couche de terre grasse, pour exhumer Mina.

Pour ne pas étouffer quand elle faisait la cuisine, Mina devait ouvrir la porte de la rue et cela l'intimidait parce que les gens qui passaient sur le trottoir ne se gênaient pas pour regarder au plus profond de son terrier. Des bouffées de fumée, de grands tourbillons de vapeur s'échappaient par la verrière quand ma mère avait disparu dans le labyrinthe de notre appartement et que j'avais fait glisser la couverture pour que Mina puisse respirer. L'odeur des épices circulait entre les hauts murs. J'aimais la cuisine de Mina. Plus tard, ma mère devint si terrible que Mina, qui avait renoncé au barbecue, dut même abandonner le camping-gaz et manger des boîtes de conserve, à même le fer.

C'est vers cette époque que j'avais fugué pour aller vivre avec Mina, dans son gîte enfumé par ma mère, dans son logis pas plus grand qu'une chambre de voilier.

Quand ma mère remarqua que je passais mon temps à rôder autour de la verrière, elle me suivit dans la cour. Elle aurait pu faire du bruit avec ses talons. Elle aurait pu toussoter, entamer la conversation, qu'est-ce que tu fais à genoux, ça t'amuse vraiment d'user ce pantalon ? J'aurais trouvé saine sa curiosité mais elle n'a rien dit. Un jour, elle m'a surprise, accroupie, je ne l'avais pas entendue arriver, elle s'est penchée silencieusement sur mon épaule, comme pour voir ce que je lisais. Puis elle m'a saisie par l'oreille, comme si, effectivement, j'avais eu sous les yeux un livre interdit. Va dans ta chambre, espèce de traînée. Je suis allée dans ma chambre et je l'ai entendue hurler et demander au bon Dieu ce qu'elle avait bien pu lui faire pour avoir une fille qui soit une paresseuse et une sale garce.

Là, sur la verrière, ma mère faisait sécher les serpillières grises et les Cocottes-Minute. Elle s'en servait de paillasse, à la façon d'un autre évier pour les grosses pièces qui prenaient trop de place à la cuisine. Elle n'avait pas vu que c'était un ciel. Ou plutôt, elle l'avait vu trop bien. Pour la lumière, elle savait, pour l'air elle savait. Et pour l'amour, elle avait deviné. C'est pourquoi elle ne respectait pas notre ciel, à Mina et à moi. Quand je rentrais du lycée, la verrière était couverte de serpillières. Une casserole s'écoulait. Plus tard, mon père tendit deux fils plastifiés. Ce fut le séchoir à linge d'où les vêtements dégouttèrent et tambourinèrent sur le verre. Mina me consolait en me faisant croire que ce n'était rien, que la pluie chaude est agréable, les nuages ont la forme et la couleur de tes habits. Alors j'ai demandé à ma mère qu'elle m'achète, pour mon anniversaire, un sweat-shirt jaune sur le marché.

Je gardais, dans mon journal intime, aussi vif qu'une préoccupation, tout ce que je faisais pour Mina de touchant, de fantaisiste, de frappant. Le matin où ma mère m'avait rapporté du marché un sweat-shirt jaune magnifique et sans un seul défaut, j'avais promis à Mina que ce vêtement se salirait vite et qu'ainsi ma mère l'étendrait souvent, sans savoir qu'elle allumerait chaque fois un petit soleil au-dessus de la verrière. Ce jour-là, j'étais ridicule comme un soleil (personne dans ma classe ne portait rien de jaune, c'était l'année du rouge et bleu) et j'ai voulu donner à Mina un baiser sur l'index. Mais ma bouche s'est ouverte toute seule et le doigt de Mina est entré sous ma lèvre comme un hameçon.

Mina avait une envie sur la tempe gauche.
Parce que je l'ai embrassée, cette envie, je sais
qu'elle est dure et métallique. Elle était un grain
de beauté froid. Elle me fait penser à la goutte
argentée qui coule du fer à souder brûlant et
durcit en refroidissant. Mina disait qu'elle portait cette tache au front parce que sa mère,
enceinte, avait vécu derrière des barreaux et
posé sa tête contre. Je n'ai jamais su de quels
barreaux il s'agissait, si c'étaient ceux d'une prison, d'un asile, d'une vieille maison blanchie, si
le père de Mina avait cloîtré sa femme.

Si tu es sage, je te ferai un cadeau, ce cadeau,
c'était son enfance. Elle voulait me la raconter
assise, appuyée contre le mur, les yeux fermés
pour se souvenir mieux. Mais je n'ai pas eu la
patience d'attendre que Mina rassemble pour
moi son univers et son histoire. Peut-être a-t-elle
quitté la France à cause de moi. Les derniers

temps, elle qui avait toujours été si calme, elle hurlait presque autant que ma mère. Va-t'en, laisse-moi tranquille, tu es tout le temps dans mes jambes, arrête de te cramponner à moi, je suis fatiguée, je suis fatiguée.

Je m'en allais. J'avais maigri. La professeur de français me donnait de la pâte de fruits, tu as une petite mine, toi, cette année, l'an dernier, tu étais ronde comme une pomme.

Cette année-là, je n'avais plus d'intelligence, je ne connaissais que deux forces, celle qui venait de mon corps et m'entraînait vers Mina (ne serait-ce que l'envie d'embrasser quelqu'un pour la première fois sur la bouche, jusqu'à en avoir le menton tout luisant de salive) et puis la force brisante de mes parents qui essayaient de me conduire, voulaient m'orienter, me détermi- ner, me vider.

Mes parents se moquaient de tout le monde. De Mina, mon père imitait l'accent. Il avait pris le tic de répéter s'il ti pli à tout bout de champ, et lui qui n'avait jamais gagné assez d'argent pour acheter une 4L Safari (ma mère en rêvait parce qu'il en existait des vert pomme à bandes noires latérales) et qui nous faisait honte à cause des pétarades du moteur de l'Ami 6, à cause du pot d'échappement troué, à cause du phare arrière cassé, lui connaissait tous les sketches sur les voitures Pigeot. Elle n'avait pas de voiture, Mina, pas même un Solex. Mon père disait omnibulé et aréoport. Quand Mina hésitait sur la prononciation d'un mot, elle me le demandait. Elle le répétait. Je lui avais prêté mon vieux dictionnaire du CM2. Elle s'en servait.

Un jour de sketch (il y avait des sketches à la radio, le dimanche matin surtout), mon père se vautrait de rire sur la table de la cuisine. Tu veux te battre ? Il ne m'écoutait pas. Il a mis un doigt sur les lèvres et monté le son du poste, écoute, c'est le sketch sur la prise de la smala d'Abd el-Kader. Sorti de sa bouche, le nom d'Abd el-Kader était ridicule et j'ai failli rire. Alors j'ai répété, deux fois plus fort. Mon père a écouté le sketch jusqu'à la fin, il s'est tourné vers moi, je vais te tuer si tu l'ouvres encore. Puis il a rejoint ma mère qui étendait du linge dans la cour. Il l'a fait rire avec la prise de la smala d'Abd el-Kader au point qu'elle en a renversé le sac de pinces à linge. Je les ai regardés tous les deux, accroupis, marchant en canard et ramassant les pinces, en ricanant à cause du duc d'Aumale.

Alors je veillais sur le sommeil de Mina. Quand mes parents étaient couchés, je sortais dans la cour, je m'enveloppais dans l'étouffoir à Mina et je m'endormais, à plat ventre, la tête posée sur la verrière, la joue droite contre du verre brisé. Une nuit, je me suis coupée. Quand, le lendemain, le professeur d'allemand a demandé ce que j'avais, là, j'ai dit, avec beaucoup trop d'orgueil, je me suis battue, au lieu de répondre tout bêtement qu'un chat m'avait griffé. Et comme quelqu'un fumait dans la classe, le professeur s'est tourné vers la fumée et il a cessé de me questionner.

Mina était curieuse de l'odeur de tabac blond qu'elle trouvait sur mes vêtements. Je lui appris à fumer des Stuyvesant rouges. De son côté, elle me montra comment on jette le thé vert dans l'eau et combien l'infusion d'une feuille de menthe est un événement. Nous nous parlions à travers la verrière. À cette époque, nous fumions quand nous nous rencontrions dans la rue et nous jetions nos cendres dans la bouche d'égout. Qu'une femme arabe et une adolescente fument dehors, avec de grands gestes de discussion, cela faisait jaser et se retourner. En fait, Mina me remerciait pour l'énergie que je déployais sans relâche autour de la verrière. L'hiver, je remplaçais les bouts de verre manquants par du plastique. Je scotchais sur la verrière les couvertures transparentes de mes livres pour qu'il n'y ait pas de courants d'air chez Mina. La couverture marron, les nuits de janvier, je la déployais doucement, pour ne pas faire sauter d'éclats, j'y mettais encore plus de soin que ma mère pour qu'aucun vent coulis ne réveille Mina. L'été, je mouillais les serpillières racornies, étendues là par ma mère et Mina, au plus fort de la chaleur, bénéficiait d'un ciel frais et humide. Elle me disait que j'étais à la fois son vent pluvieux et son soleil. Elle était si généreuse, Mina, elle parlait si bien pour dire merci, simplement merci, que j'ai cru être aimée. Et pour cela je me suis précipitée, au lieu de comprendre (parce que c'est une loi de la science) que les adultes sont plus lents, plus dissimulés que les adolescents, qu'ils sont raisonneurs et brusques dans leurs décisions, alors que j'étais agitée. Je rendais service à Mina, un simple service. N'importe qui, à ma place, en aurait fait autant. Mais comme je m'opposais périlleusement à mes parents, je me suis crue guerrière et amoureuse. J'aurais voulu que Mina imagine un instant ce que je risquais à manipuler cette couverture ou bien à interrompre mon père, les dimanches de sketches.

Comme tous les adultes, Mina ne se rendait pas bien compte de ce qu'elle disait et n'hésitait pas à rompre ses promesses. Un jour, elle m'avait demandé, sur un ton que j'ai trouvé beau et timide, que j'ai enrichi parce que j'avais besoin d'être aimée, je peux vous dire tu ? De surprise, je n'ai pas répondu. Elle a cru que je ne le souhaitais pas alors elle a insisté doucement en me disant qu'elle avait l'âge d'être ma mère, oui, mais qu'elle aurait aimé me tutoyer quand même. Nous étions sur le trottoir. Je décorais l'air avec la fumée de ma cigarette. Je jouais, comme une enfant, à cause du ravissement. Alors Mina a conclu, naturellement, qu'elle pouvait se passer de mon accord, et elle m'a tutoyée. Elle m'a même embrassée sur les deux joues et je crois qu'elle a dû se baisser. Je sais exactement comment elle m'a embrassée, elle a pris ma tête entre ses mains et tous ses doigts ont plongé dans mes cheveux. Ensuite, elle a tourné ma tête à gauche et elle a embrassé ma joue, bien au milieu, où la professeur de français disait que c'était une pomme. Puis elle a fait la même chose pour la joue droite. Elle me regardait comme si elle était contente d'elle, vraiment ravie d'avoir fait ça. Il n'y avait pas de quoi être fière. Si j'ai tant souffert, c'est à cause de ces deux baisers. Elle avait l'air de dire, tout en m'embrassant, regarde ce dont je suis capable, juge de tout ce que je peux te donner, montre-moi qui en ferait autant.

Personne évidemment n'en avait jamais fait autant. Ses lèvres appuyèrent tellement que mes joues rougirent. Dans les films, les hommes prennent brutalement le visage des femmes dans leurs longs doigts pour les embrasser contre leur gré. Ce jour-là, Mina m'avait embrassée de force. J'ai cru qu'elle m'aimait. Mais je ne connaissais pas les adultes et leur façon désinvolte d'aimer. Elle eut un moment d'égarement qu'elle négligea sans doute aussitôt. Mais je m'en souviens, moi qui fus l'embrassée, devant tout le monde, sur le trottoir.

Mina était grande. Ses dents n'étaient pas belles et ses gencives tout abîmées parce qu'elle mangeait brûlant et piquant. Ce jour-là, le jour du tutoiement, elle s'était enveloppée tout entière dans un vieux tablier, à cause de deux poulets qu'elle allait saigner. Mais je ne pouvais pas voir cela, je me pavanais, j'étais une pauvre malheureuse, abrutie par deux baisers, j'aurais voulu me recoiffer, je croyais que tout à coup, de face, éclatante, une femme m'avait dit je t'aime et je te sortirai de là.

Alors je n'avais pas fait attention aux petits poulets qu'elle portait au bras gauche, dans un panier, qui avaient dû, tout le temps que dura notre conversation, essayer de trouer l'osier à coups de bec et qu'elle allait tuer.

Jusqu'à ce que je comprenne que cela était faux et impossible, j'ai attendu que Mina m'enlève. J'attendais que la maison, notre maison, s'éboule, que mes parents meurent et qu'il ne me reste plus au monde que Mina. Alors Mina aurait été obligée de m'adopter, moi qui m'étais coupée plusieurs fois en scotchant les éclats de la verrière, moi qui avais pris soin de son ciel et de son horizon.

Il arrivait que mes parents aillent au restaurant avec Clarisse et rentrent tard, très tard, vers deux ou trois heures. Alors, dans le buffet, je prenais la couverture et j'allais m'étendre dans la cour. J'appelais Mina en me penchant sur la verrière. C'était comme un téléphone. Au début, Mina était heureuse qu'une voix lui vienne du ciel. Nous parlions toujours très longuement. Je disais, avec un air de reproche, c'est toujours moi qui t'appelle, comme si effectivement notre conversation était téléphonique.

Mina m'appelait peu. Elle n'avait besoin de personne. Elle était rude, elle était adulte. J'espérais tout de même qu'elle serait émerveillée de mon attachement. Roulée dans l'étouffoir à Mina, je grelottais. Parle-moi, je n'arrive pas à dormir, mon père ronfle. Elle se fâchait gentiment parce qu'elle voulait se reposer, elle se levait à trois heures et demie, pour l'usine. En tout cas, elle ne pensait pas à s'exalter et à s'étonner parce qu'une fille sensible, on ne sait pas pourquoi, avait besoin d'elle.

Nous avions un code, trois petits coups contre la verrière, puis deux, puis un, puis de nouveau trois. Mina soupirait avec tendresse. Mes jambes me font mal, je suis fatiguée. J'insistais. D'accord, je te parle un peu ce soir, tu sais bien que je t'écouterai quand même. Elle faisait le tour complet de sa chambre pour s'assouplir les genoux avant de s'allonger sur le matelas d'où je voyais son visage, de dessus. Son corps, elle le dissimulait sous un couvre-lit jaune mais je voyais tout de même ses doigts qui se croisaient. Là-haut, dans la cour, je pleurais silencieusement. L'amour que j'éprouvais pour Mina, personne ne l'aurait compris. Et si quelqu'un avait pensé à me regarder de près, alors il aurait été convaincu que j'avais pour Mina une vraie passion, quelque chose d'aussi fort et d'aussi nécessaire qu'un bébé qui a soif. J'avais trois mois environ, j'étais un morceau d'argile fœtale, j'entendais la voix de Mina à travers la verrière comme si j'avais été dans son ventre. Ce n'est rien, c'est l'adolescence, je me persuadais.

41

Mina ne faisait pas assez attention à ce qu'elle me disait. Le jour où elle était rentrée de l'usine plus moulue encore que d'ordinaire, elle s'était oubliée au point de pleurer devant moi, heureusement que je t'ai, toi, heureusement que je t'ai et que tu es là. Elle avait eu tort de me répéter heureusement que tu es là. À cause de cette plainte, une phrase de femme fatiguée, à cause de ces quelques mots qui étaient montés de la verrière pour me toucher, presque endormie dans l'étouffoir à Mina, à cause de ce gémissement, tout le reste eut lieu et aucune volonté, plus aucune autorité ne s'opposa à ce qui allait se passer entre Mina, qui vivait dessous, presque à même la rue, à quelques pas de la place du marché, et moi.

Le marché se montait, presque sous ma fenêtre, vers quatre heures du matin, avec des bruits de duel. Les tréteaux métalliques s'entrechoquaient et résonnaient longuement. J'écoutais. Souvent, je me levais pour regarder. Autour du transformateur, qui ressemble à une petite maison basse et carrée, la ville avait construit un muret. Tout était bétonné. Sur une place de marché, quand il y a un transformateur, avec sa porte en acier et sa pancarte jaune et argent qui dicte les soins à donner aux électrocutés, et une enceinte close par un muret de quatre-vingts centimètres de haut, alors cette enceinte devient un dépôt d'ordures. C'est aussi sûr qu'un théorème.

Je demandais à mes parents s'il y avait des courses à faire. J'allais au marché. À l'entrée, une gitane vendait des fraises. Elle m'en offrait toujours une qu'elle voulait poser elle-même sur

43

ma langue. Elle la tenait par la queue et je lou-
chais, avec méfiance, sur la fraise. Ne quitte
jamais des yeux les mains d'une gitane. Puis je
croquais la fraise et d'un petit coup sec la gitane
arrachait la queue et la jetait par-dessus son
épaule. J'y voyais un geste magique, alors je
mâchais en formulant un vœu.

Quand elle avait rangé ses caissettes de cerises
et de fraises, la gitane se réfugiait contre le transformateur. Accroupie, protégée par sa jupe
longue comme par une étroite cabine de bains,
elle se soulageait. Autour d'elle s'amoncelaient
des cageots vides, cassés, et d'autres, pleins de
trognons, et tout ce qu'on trouve ordinairement
par terre, quand le marché est fini, vers une
heure de l'après-midi, quand les tréteaux sont
démontés, les tubes de fer liés comme des
fagots, les calicots repliés avec un soin de para-
chutiste, et qu'il reste ce dont personne n'a
voulu, qui est tombé de soi-même, comme d'un
arbre un fruit pourri.

Même du temps où Mina vivait sous la verrière, une fin de marché était déjà un tas
d'ordures. Il y avait le fumier des poules vendues
vivantes, des feuilles de chou glissantes et
presque aussi larges que des paillassons, et puis

des kilos et des kilos de légumes ou de fruits blets.

Sous la camionnette de la boucherie, ni os ni moelle mais la tache d'huile du moteur qui fuit. Une flaque rance de petit-lait sentait mauvais, sous la camionnette de la crémerie. Une fois le marché désert, les glaçons immenses et plats que le poissonnier avait jetés par-dessus bord achevaient de fondre et l'eau emportait partout des écailles avec le sang pâle des roussettes. De temps en temps, quelque chose brillait et c'était une arête de thon, une capsule, une pièce de cinq centimes.

Le matin, à l'aube, quand le marché s'installait sur la place, le macadam n'était pas encore couvert d'ordures solides mais seulement taché, indélébilement taché comme le sont les places de parking.

Les vitres de ma chambre étaient minces, le mastic usé. Chaque matin, le marché me réveillait. Les jours de grand vent, il se montait comme un cerf-volant. Les calicots claquaient. Des baguettes s'emboîtaient les unes dans les autres. Les toiles de tente se dépliaient. Le marché, vu de haut, de mon premier étage, était une montgolfière que l'hélium n'avait pas encore gonflée, un large costume d'arlequin posé à plat et couvrant des dizaines de mètres carrés de goudron.

Mes cours commençaient à huit heures. Je passais devant le marché vers huit heures moins le quart. Je longeais d'abord toute une exposition de blouses bien rangées, serrées, suspendues à des cintres. Tout en haut, accrochés aux haubans, aux baleines des grands parasols, la marchande exposait les pantalons. Leurs jambes s'agitaient. J'en voyais un, chaque matin, gigotant comme un pendu ou un épouvantail de plein vent. C'était un jean pelucheux, très doux au regard, d'un bleu que je n'avais encore jamais vu. Je suppose que les reflets orange de la tente et le soleil qui le délavait depuis des mois y étaient pour beaucoup.

Un jour, j'ai demandé à essayer le pantalon. J'ai dû insister pour qu'on ne m'oblige pas à me déshabiller là, à même la place. La marchande m'a conduite jusqu'à la camionnette de tôle grise dont elle a ouvert les portes arrière, grimpe, c'est la cabine d'essayage. Des épingles de toutes les tailles, tous les diamètres, avec ou sans tête, couvraient le sol. Je me suis hissée, en m'agrippant aux phares arrière, dans ce nid à scorpions. Tant bien que mal, j'ai essayé le pantalon. Il était trop petit, taillé pour un corps de garçon, le haut de mes cuisses était déjà trop fort. J'aurais voulu l'acheter quand même, juste pour le suspendre dans ma chambre, comme une longue tapisserie bleue.

Sous la toile, tout en haut du chapiteau, un mobile grotesque me faisait rire. La marchande avait suspendu un jean immense, le plus grand qui soit, pour un homme de deux mètres et plus, et cent trente-cinq kilos au moins. Entre les jambes de ce pantalon, elle épinglait un minuscule pantalon rouge, taille six mois, et hurlait, à la cantonade, il en a de belles couilles, mon pantin, de belles couilles. Les femmes qui choisissaient des fruits tournaient la tête, leur regard déviait, et la marchande achevait de les attirer en dépliant des chemises avec des gestes de porte-drapeau.

Chez elle, on ne trouvait pas de manteau, seulement des vestes courtes. Quand on m'a volé mon anorak, au lycée, ma mère m'a fait mettre une veste de survêtement et j'ai fini l'hiver avec cette trop légère veste bleue à triples rayures blanches que je détestais.

Un homme vendait de la vaisselle. Il s'appelait Michel, mettait les mains en porte-voix, si personne n'achète ce saladier, je le casse. En effet, il le laissait tomber. Les gens venaient d'abord pour le voir briser la vaisselle. Michel balayait de temps en temps le cône d'éclats qui s'élevait entre ses jambes. Vers dix heures, personne ne riait plus. Ils n'en pouvaient plus de voir tout fracasser. Ils retenaient la main de Michel et achetaient six assiettes comme ils auraient sauvé de la noyade une portée de chats.

Heureusement qu'il y avait Mina. Le henné, incrusté dans les lignes de ses mains, dessinait ses paumes aussi nettement que les planches reproduites dans un a b c de chiromancie. On vendait des livres, là-bas, derrière l'étalage de vaisselle, et des bandes dessinées pour adultes. Le vent couchait les pages, toujours dans le même sens, et finissait par déformer les reliures comme il tord les arbres en les obligeant à pousser de travers. Le dimanche, j'accompagnais Mina. Nous achetions aussi des bottes de menthe et des olives.

J'imagine ce que dut être pour Mina l'arrivée d'une fille de quinze ans, bruyante et amoureuse. Je l'empêchais de dormir en tambourinant contre la verrière. Je me précipitais sur elle pour l'embrasser comme si une absence de quelques heures avait été une tragédie. Je l'envahissais. Mais elle ne se sauvait pas, elle ne m'évitait pas, elle ne s'enfermait pas dans le silence. Elle était stoïque. Elle attendait que je me calme. Mon amour, elle l'accepta d'abord simplement, sans inquiétude, ni remords. Je crus vraiment que sa patience n'aurait pas de limite.

Quand mes visites s'éternisaient, elle s'allongeait sur son matelas et feuilletait un album de photographies qui me rendaient jalouse. Elle avait trois frères plus âgés qu'elle de cinq, six et neuf ans. Ses sœurs cousaient, ses petits-enfants jouaient. Entre chaque page, ses doigts, sur le papier cristal, grinçaient comme si elle avait froissé dans sa main une poignée de billes en verre. De tristesse, je baissais la tête. Tu peux rester si tu veux, mais ça ne sert à rien. La solitude l'habitait, elle n'avait pas, comme moi au lycée, de récréation, elle pleurait ou elle travaillait sans trêve ni autre alternative. Dans sa famille, des femmes et des hommes mouraient. Elle n'était pas près d'eux.

Ce n'était pourtant pas ma faute. Je rentrais chez moi et me penchais aussitôt sur la verrière. L'ombre du châle rouge était toujours couchée sur l'album de photos. Sans même lever les yeux, Mina sentait que j'étais là, va dans ta chambre, laisse-moi.

Je faisais semblant de rentrer. Je restais. De sous son couvre-lit, Mina sortait un cahier. Je ne voyais pas bien. Elle faisait des additions, des comptes. Au fond, je savais déjà qu'elle calculait combien d'argent il lui faudrait encore mettre de côté avant de pouvoir enfin quitter la France.

Il n'y avait pas d'interrupteur chez Mina. Pour éteindre, avant de dormir, elle s'enveloppait la main dans un mouchoir et dévissait l'ampoule brûlante, pendue au-dessus de l'évier. Elle la posait sur un coussin. Elle n'avait pas d'amis, ici, en France, personne d'autre que moi. Pourtant, elle n'avait pas besoin de moi. Il y a des solitudes qui ne se pénètrent pas. J'étais superflue, négligeable. Dans le noir, Mina faisait les cent pas. À chaque demi-tour, elle heurtait son matelas et je savais bien qu'elle ne pensait pas à moi mais à toutes ses filles et ses fils qui devaient être bruns et joviaux, et tous mariés, qu'elle pensait aux bébés que ses filles avaient dû concevoir, depuis le temps qu'elle était partie. Elle revissait l'ampoule tiède, tirait l'album de photos de sous le drap et reprenait sa lecture douloureuse.

Parfois, Mina se protégeait de mon indiscrétion en décollant légèrement le matelas du mur ou en se couchant la tête aux pieds. Je voyais ses orteils remuer sous le couvre-lit. Je m'en allais. Pour se faire pardonner, elle m'attendait, le samedi matin, sur le seuil de sa porte, et nous faisions un bout de chemin ensemble. Je portais son panier vide. Je le lui tendais quand nous étions arrivées sur la place du marché. Puis j'allais au lycée.

Le dimanche, Mina mettait une autre djellaba, une blanche. Comme son miroir n'était pas assez important pour refléter plus d'une petite portion de son corps à la fois, elle me demandait d'étendre sur la verrière l'étouffoir à Mina. La couverture sombre transformait la verrière en grand réflecteur et Mina se voyait, de dessus. Elle pouvait arranger son châle sur ses épaules et sur sa nuque. Ces moments me rappelaient les tableaux où les servantes tendent des serviettes et des miroirs à de grandes femmes nues.

Pour fumer, j'allais au marché et je m'asseyais sur le bord du muret. Je n'avais pas le droit de fumer chez moi. Pour tenter de m'en faire perdre le goût, ma mère m'avait enfermée une journée entière dans ma chambre, avec interdiction d'ouvrir porte ou fenêtre. La fumée sortait de ma bouche par ondes toujours plus longues et plus flottantes et je me demandais où elle irait se nicher. À midi, le plafonnier était déjà invisible, les moulures du plafond supprimées. Mais je voyais, devant la fenêtre fermée, un petit tourbillon. Le cadre de ma fenêtre, recouvert d'une croûte moisie de peinture grise, laissait passer l'air, lui donnait issue et aspirait la fumée comme un minuscule extracteur. Je n'étais pas sauvée pour autant. Mes yeux brûlaient. Et la forme pleine et circulaire de la fumée occupa ma chambre, ce jour-là.

Si j'ai tenté d'oublier la cruauté irrespirable de

ma mère, j'ai entretenu, comme une image durable et solide, la vapeur qui montait des plats, chez Mina, et l'atmosphère qui tremblait au-dessus de la flamme du camping-gaz.

La peur du péché était si forte, chez ma mère, qu'elle me tenait sous clé, de crainte sans doute que le mal, venu du monde vivant, ne surgisse dans notre maison. Par exemple, elle scellait, avec de la salive et un invisible cheveu, l'armoire de toilette où j'aurais pu trouver de quoi me maquiller les yeux et les lèvres. Dans le vaisselier où se trouvaient les bouteilles d'apéritif, elle avait tracé, au marqueur, sur le verre, une ligne correspondant au niveau de liquide. Quand elle rentrait d'une soirée qui s'était prolongée, elle me réveillait en ouvrant l'abattant du vaisselier, il grinçait, pour vérifier ses tracés. Je ne buvais pas, je n'aimais pas l'amer. Avant de partir, elle cachait aussi la petite antenne de la télévision mais je l'allumais tout de même et je contemplais les vapeurs bleues de l'écran. La volupté ne pouvait pas m'atteindre. Je ne voyais que des nuages bas, de la neige dorée et des taillis noirs. Mais le son me parvenait bien. J'écoutais. J'entendais des souffles haletants, des râles, des murmures, des soupirs que je ne rattachais à rien.

Ma mère, qui condamnait tout, oublia cependant de verrouiller l'armoire à pharmacie. Le soir où Mina est partie, j'ai croqué, avalé, bu, pilé tous les comprimés, les sirops, les gélules. Puis je me suis couchée sur mon lit, dans mon sweat-shirt jaune.

Des jours, je suis restée molle, la langue épaisse, aveugle et sans jambes. Le médecin disait de boire beaucoup.

En dehors du lycée, qu'elle respectait par impuissance et qui lui paraissait vénérable comme une caserne, ma mère m'avait interdit de voir ou recevoir quiconque. Personne ne franchissait la porte de ma chambre. J'étais celle qui n'invite pas, même pour son anniversaire. Et quand des amis me téléphonaient, ma mère restait à côté de moi, elle tambourinait avec ses ongles, ou bien elle tapait du pied en roulant des yeux pour signifier clairement que la conversation avait assez duré.

J'étais subjuguée par ses victoires perpétuelles. Quand je me pinçais les joues pour les rendre rouges, quand je tapotais le dessous de mon menton avec le dos de deux doigts pour le raffermir parce que je me trouvais trop potelée, ma mère me faisait mettre les mains sur la table.

Elle détestait que je me caresse la peau. Si j'avais du durcisseur sur les ongles, elle me tendait le dissolvant. Si j'avais du Rimmel, dessiné dans les toilettes du lycée, va t'enlever ce charbon.

Pour que je ne puisse pas m'enfermer à clé dans ma chambre, mes parents avaient démonté la serrure, ôté la clenche, le pêne, la gâche. Ma porte était une mince cloison de bois percée d'un trou énorme. Et quand je n'éteignais pas assez vite, le soir, ma mère, triomphante, passait la main dans ma chambre pour atteindre l'interrupteur, je t'avais prévenue.

Je savais depuis longtemps qu'elle me regardait dormir. Et je tremblais à l'idée qu'elle puisse vraiment modifier mes rêves. Je venais d'apprendre comment le dormeur, piqué par l'aiguille, rêve qu'il est transpercé par l'épée. Mes cauchemars, j'avais peur qu'ils ne soient, de toutes pièces, fabriqués par ma mère.

Pour lire, j'avais une lampe de poche.

Toujours combattue, disloquée, traînée, secouée, je ne réagissais pas, ou si peu. Ma mère fondait sur moi, elle me rivait à mon bureau. Je restais immobile, submergée.

Avec Mina, je me dénouais, je sentais la force qu'il y avait dans mes mains, dans mes jambes.

Il n'y avait pas de télévision chez Mina, mais des étoffes de couleurs et la réalité de l'enlacement. Mina était vivante et lumineuse, ses cheveux teints au henné brillaient. Chez elle, il n'y avait pas d'alcool mais du thé vert, qui purifie. Mina parlait, elle me couvrait de caresses, elle écoutait des cassettes de Fairouz et d'Oum Kalsoum sur un vieux poste à piles, elle mêlait hier et aujourd'hui, le Maroc, l'Algérie et l'Égypte, la plainte, quand elle se prenait la tête dans les mains, et le bonheur quand elle cuisinait et qu'elle sortait jeter, sur le dépôt d'ordures du marché, des têtes de poulet avec des caillots de sang rubis sur le bec.

Le jour où Mina tua un agneau, je la vis, depuis ma chambre, descendre la rue avec un amas de laine sur l'épaule. Dans l'obscurité, on aurait dit un ruissellement de lait.

Mes parents avaient décoré la salle à manger avec des livres de peinture. Ils collectionnaient les beaux livres. Je crois que c'est ainsi que ma mère avait connu Clarisse. Tous les autres bouquins, les poches d'avant ma naissance, les achats obligatoires des clubs du livre, les cadeaux, les erreurs, c'est dans ma chambre qu'ils finissaient.

La construction de ma bibliothèque me marqua comme celle d'une prison. Il y avait, dans ma chambre, une porte qui donnait sur le palier. Mes parents s'empressèrent de la condamner. Mais au lieu de la masquer avec des briques et du ciment, mon père se contenta d'aller faire couper des planches d'aggloméré pour dresser, devant cette porte, une volée de rayonnages. Ce fut donc à la fois ma bibliothèque et la grille de ma prison. Chaque étagère était un barreau verticalement disposé, que ma mère avait recouvert de papier adhésif. Ils apportèrent les livres, comme des cairons, des parpaings, des matériaux de construction durable, et le poids du papier m'interdit toute évasion.

Puisque les livres s'étaient emparés de mon espace, je leur demandai, en échange de leur existence solide et matérielle qui m'encombrait, des leçons et des éblouissements moins diffus que l'écran brouillé de la télévision. J'ai cru que les livres m'avaient fait pénétrer jusque dans la matière des robes, jusque dans la peau, jusque dans les cheveux, mais aucun d'eux n'était juste et vivant et je ne le compris que lorsque je regardai le jeu de la vie sur les mains de Mina et dans sa voix. Les livres étaient incapables de traduire même les mouvements de la surface du corps. Mina était un luxe et une moisson miraculeuse.

Je me souviens d'avoir lu L'*Âge de raison* et cru que les poils des aisselles, lorsqu'ils repoussent après l'épilation, ressemblent à de petites épines. C'était faux. Les poils qui reparaissaient sous les bras de Mina étaient mouvants comme du poivre. J'ai eu peur des *Grandes Familles*, à cause du gynécologue, ganté et effrayant, mais chez Mina, il y avait du coton, somptueux et sensuel quand on le retirait, en arquant les jambes, en riant, plein de rouge.

Tout ce que j'ai lu, les influences auxquelles j'ai accepté de me soumettre m'avaient laissée ignorante et seule. Mina détrônait tous les volumes, toutes les collections, même reliées de cuir. Près d'elle, mes livres n'étaient plus que des manteaux magnifiques ou imperméables, des corps vidés de leur sang. Même ma mère avait plus d'attention et de conscience que ces ouvrages-là. Quand elle me faisait souffrir, elle était plus impitoyable qu'un écrivain appliqué, sous prétexte d'histoire, à décrire un supplice.

Un soir, j'étais déjà en pyjama, il devait être dix heures, et je portais, par-dessus le pyjama, ma robe de chambre en molleton rose, quand j'ai demandé, pour le lendemain, de l'argent de poche et l'autorisation d'aller au cinéma, avec la permission de onze heures. J'ai exigé tout cela à voix calme, de peur qu'on ne me coupe la parole. Mes parents ne m'ont pas interrompue, ma phrase ne s'est pas émiettée dans ma gorge, j'ai continué. J'en ai profité pour demander aussi, avec de plus en plus de sûreté dans l'accent, si je pouvais sortir samedi, tout l'après-midi, parce qu'un ami passait un concours d'équitation, je voulais aller le soutenir. Comme mes parents se consultaient gauchement, comme il n'y avait rien à ajouter ni à retrancher à ma demande qui était aussi parfaite qu'une lettre administrative adressée à des supérieurs, je me suis faite humble et j'ai promis de ne plus jamais entamer de grève de la faim, ainsi que je l'avais fait couramment quand j'étais en troisième.

Ils restaient silencieux. Ma mère ouvrit un livre de peinture, j'entrevis les cyprès noirs de Van Gogh et les cercles concentriques qui font ses étoiles. Mon père jouait à faire un huit avec l'étroite bande d'un talon de chèque. J'ai cru voir, dans son geste, des encouragements muets. J'ai compris que, par le ciel de Van Gogh, ma mère me montrait des images de nuit qui signifiaient que j'avais désormais l'autorisation de sortir le soir. À mon père qui faisait des huit, j'ai demandé quatre-vingts francs.

J'ai perdu mes chaussons quand mes parents m'ont prise, chacun sous un bras, pour me poser sur le palier comme si j'avais été une vieille chaise qu'on soulève par l'accoudoir. Tu peux sortir, tu peux t'en aller où tu voudras, jusqu'à l'heure de ton choix. Ils claquèrent derrière moi la porte de l'appartement. J'étais pieds nus dans l'escalier de pierre, en pyjama, avec ma robe de chambre en molleton rose. Au bout d'un court moment, comme si nous disposions d'une minuterie d'immeuble moderne, mes parents éteignirent la lumière de l'escalier et je m'assis sur une marche, effrayée, surprise et distraite aussi par la télévision de la veuve dont les voix filtrées se répercutaient contre l'arête des marches. Tout de même, je réfléchissais, j'avais dû me montrer aux yeux de mes parents trop matérielle d'apparence. J'attendis qu'ils rouvrent la porte pour pouvoir m'expliquer et m'excuser.

Accoudée à la rampe, j'ai écouté les bruits de la maison, j'ai suivi ses lumières. Sous la porte de mes parents, une ligne jaune avec un angle aigu. Sous la porte de la veuve, les reflets de sa télévision, des pointillés violets, toujours en mouvement. À une heure du matin, je connaissais par cœur les écailles de la rampe. Sous la grande porte extérieure, plus lourde que du fer, la lumière de la rue faisait briller les ongles de mes doigts de pieds.

À trois heures, je suis sortie. Les lampadaires se réverbéraient sur le macadam. Je ne sais pas ce qu'espéraient mes parents. Ils avaient dû se réjouir à l'idée que je passerais une nuit à la dure, le ventre sur la pierre froide de l'escalier et juger que cela me calmerait pour les trois semaines à venir. Ils avaient probablement pensé qu'on ne fugue pas nu-pieds et en robe de chambre. Au pire, ils me récupéreraient, le lendemain matin, chez Clarisse, où je n'aurais pas manqué de me réfugier.

Je ne suis pas allée chez Clarisse. À trois heures et demie, le volet de Mina s'ouvrit, elle aérait son cagibi. Un oreiller prenait l'air, coincé entre le mur et la boîte aux lettres. J'ai vu Mina se préparer à aller au travail, sans souci de ses genoux douloureux qu'elle traînait derrière elle comme des boulets. Je suis entrée. Mina me regarda longuement et je remarquai que j'étais son miroir, cette nuit-là. Ma robe de chambre rose ressemblait à sa djellaba. Elle aussi était nu-pieds. Et je suppose que c'est parce que je me présentai devant elle, avant l'aube, vêtue comme une jeune femme arabe, qu'elle me prit pour un rêve, elle qui se levait si tôt. Elle me serra les épaules dans ses deux mains et m'embrassa les tempes. Je voyais le reflet orange des réverbères sur ses oreilles.

Ici, tout était clair et chaud. Les plaques de salpêtre, les vieux murs pourris, la suie des poêles du dix-neuvième siècle, le dégoulinement des canalisations, Mina savait les guérir ou les cacher. Elle gardait le feu. Elle possédait un camping-gaz et un mini-four, toujours allumés. Dans le four qu'elle branchait, je ne sais comment, au plafond, à la place de l'ampoule unique, du pain levait chaque jour. Mina refusait ce qui est sombre ou effacé. Pendant qu'elle pétrissait une boule de pâte éblouissante avec une farine presque phosphorescente, j'étais stupéfaite. Les cristaux de sel brillaient. Même la levure avait l'air précieux. Au premier étage, chez mes parents, malgré la lumière du soleil, tout était d'un blanc mat, terne, sale. Dans la penderie, les corsages se fripaient, la laine s'aigrissait.

Mina luttait contre la tristesse. Elle s'enivrait de couleurs et c'est tout naturellement qu'elle fit de moi une jeune fille lumineuse, à son image, avec les splendeurs simples dont elle disposait, tissus verts ou roses, henné, bijoux dorés. Je fus, pour un temps trop court, quelques jours à peine, sa poupée heureuse.

Mina mélangea d'abord la poudre de henné avec l'eau tiède dans un bol bleu vif pour me peindre les mains et les pieds. Avec un bâtonnet, elle traça, un peu plus haut que la plante, un trait si ferme et si rapide que je n'eus même pas le temps de rire à cause du chatouillis. Aux mains, elle dessina des figures et je me laissai faire comme un enfant qu'on tatoue avec des emballages de Malabar. Mes cheveux, elle les enduisit de henné qu'elle laissa poser toute la nuit, aussi longtemps que la pâte à pain, et j'eus des cheveux fauves comme du feu. Elle passa des heures à en démêler l'écheveau avec sa main et une fourchette. Pas un seul instant je ne me suis sentie ridicule même si je n'ai pas pu m'empêcher de rire, quand je me suis vue, dans le petit miroir, les cheveux, les mains, les pieds, vifs comme des carottes pelées.

Sévère, toute droite, Mina me tenait par les épaules. Et de nouveau, j'eus l'impression de me voir dans un miroir quand je vis ses mains et ses pieds et la clarté que répandaient ses cheveux. Désormais le henné souderait nos peaux.

Je suis restée deux jours couchée sur le matelas, sous la verrière, à rêver. Dans les documentaires que j'avais vus, les initiations sont douloureuses et font crier. Moi, je n'avais pas eu mal.

Comme je n'avais rien, ni cahier ni stylo, Mina me donna une feuille et un crayon pour tenir mon journal. J'allais au plus bref. C'était net comme le carnet d'un naufragé. Écrire ne m'intéressait plus, je voulais vivre.

La première fois que Mina cuisina un tajine dans le plat en terre qui gardait l'équilibre, je ne sais comment, sur la petite bouteille de butane, j'entendis du bruit sur la terrasse. C'était ma mère qui couvrait la verrière avec l'étouffoir à Mina parce que l'odeur des pommes de terre, des navets, des carottes et le sucre des raisins de Corinthe la gênaient.

Sa silhouette, déformée par le verre, déroulait la laine marron. Je vis ses paumes, plates, blêmes, et son chemisier écru, béant sur sa peau. Mina mit la main sur ma bouche. Elle avait peur que je crie de douleur. Je grondais comme un chien qu'on va enfermer dans le coffre de la voiture. Mina, la couverture, personne ne l'enlèvera plus, maintenant.

Et Mina me sourit en désignant un long bambou, taillé si fin à une extrémité qu'il passait dans une fissure du verre. Avec le bambou, elle écarta légèrement un angle de la couverture et le jour revint un peu.

Cette nuit-là, Mina ne parvint pas à me calmer. Pourtant, elle me caressa le front avec son index, à petits coups, comme si elle tirait des traits. Elle me berça. Même, elle arriva à l'usine en retard parce que je n'étais toujours pas endormie, à quatre heures.

Je pensais au crime de mes parents, déroulant l'étouffoir à Mina aussi paisiblement qu'on déploie une serviette de plage. C'était encore plus laid, vu d'ici, de dessous, de l'extérieur. J'avais honte pour ma mère. Je la voyais comme un malacologue regarde une limace ramper sur une vitre. J'observais, ventousées, ses mains pâles. Tous ses gestes avaient valeur d'outrage. Elle était l'affront. Chaque fois qu'elle jetait des mégots ou laissait dégouliner ses casseroles sur la verrière, chaque fois qu'elle suspendait son linge triste qui voilait le soleil, j'avais envie de sortir de ma retraite pour remonter là-haut. Je voulais rentrer, humble et sans explication, recevoir la correction qu'il lui plairait de m'infliger et recommencer, comme avant, à sortir, la nuit, dans la cour, pour donner de l'air à Mina.

Je restai. Le miel, la cannelle, la noix de coco que Mina rapportait du marché nous servaient de plafonnier, de néon, d'halogène, d'électricité, de lumière. Le sucre sur les gâteaux éclairait autant qu'une petite lampe de chevet.

Je portais des babouches, une djellaba jaune, je ne sortais jamais de peur que mes parents ne me reconnaissent, mes cheveux étaient teints au henné, mes mains, mes pieds, et j'avais appris à faire le thé à la menthe. C'est moi qui remuais le sucre dans la théière pendant que Mina me parlait.

Elle s'inquiétait, Mina. Mes parents me chercheraient et elle n'avait pas l'intention de risquer des discussions avec la police.

J'étais mineure. Un matin, elle me demanda de rentrer chez moi. Et comme elle vit que j'étais désespérée, elle se fâcha. J'eus quelques jours de répit en lui caressant les poignets, en l'embrassant, mais elle me regarda droit dans les yeux, un autre matin, à quatre heures, je ne t'aime pas, va-t'en, tu ne comprends pas ce qui est grave.

J'aurais dû obéir immédiatement et retourner chez mes parents, les réveiller en sonnant, sonnant. Mais, stupide, je suis restée, je comptais la fléchir encore. Mina est rentrée du travail vers cinq heures du soir. Elle était fatiguée, la tête lui tournait à cause de la faim et du voyage en autobus. Alors elle céda, elle accepta, une dernière fois, mes bras. Nous étions face à face, juste sous la verrière et j'ai promis que j'allais partir. Je voulais encore qu'elle m'embrasse. Après je partirais, je le jurais. Cette scène, ma mère la surprit. Elle assista à ces secondes uniques, celles qui devaient me rester de Mina, les plus affamées, les plus amoureuses, les plus passionnées. Ces secondes tragiques, ma mère me les vola. Elle interrompit le baiser de soumission que je donnais à Mina. Elle hurla mon prénom. Elle frappa si fort du poing contre le ciel que je reçus des débris de verre dans les cheveux. Mina, en me repoussant, s'y coupa.

La maison, de nouveau, se changeait en puissance agissante et mauvaise. Elle suivait ma mère comme un démon, à ses ordres. Alors je revis, en titubant, la lumière de la rue, je montai l'escalier, les yeux fermés. Je franchis le seuil de notre appartement. Il me parut immense. Ma mère me traînait par les cheveux, avec cruauté. Cette chevelure n'était pas la mienne, mais une perruque de carnaval. Elle me fourra sous la douche et me brossa puisqu'on m'avait souillée et couverte de boue. Elle utilisa, pour cela, la large brosse du lave-pont, qui sentait la serpillière et le chien mouillé. J'étais nue, ma mère ouvrit le robinet d'eau froide, pour soigner ma folie, mais je ne frissonnais pas, la brosse avait rendu ma peau rouge vif, tout mon sang était là, en surface.

Le henné résista à la hargne de ma mère. Je me disais que l'orange est la couleur de l'amour de Mina. J'espérais que ma chair retiendrait cette couleur et ne la laisserait pas s'effacer. Ainsi, Mina et moi ne nous détacherions jamais.

La brûlure devint atroce. Ma mère attisait le feu. Quand elle jeta la brosse qui rebondit sur le carrelage et lui fit mal au pied, quand elle comprit qu'il était inutile de s'acharner sur le henné frais, elle me fit sortir de la douche et m'inspecta, partout. Elle cherchait des blessures, des traces de coups, des marques de honte. Elle ne trouva rien que les griffures désordonnées de sa brosse. J'étais meurtrie et grotesque, un homard, avec les mains, les cheveux, cuivrés, dégoulinants. Tu as l'air finaud. J'affirmai que la couleur disparaîtrait en quelques semaines. Elle répéta, en riant, tu as l'air finaud, je ne trouve pas d'autres mots.

Bien sûr, Mina ne me parla presque plus. Elle eut, avec mes parents, une entrevue houleuse. La rencontre eut lieu dans l'escalier de notre maison, pendant que j'étais au lycée. Je suppose que Mina s'appuya à la rampe pour reposer ses genoux. Ma mère, huit marches plus haut, devait la toiser. Je crus, sottement, que Mina jetterait, dans la boîte, une lettre pour moi. La boîte était vide. Depuis la cuisine, ma mère m'avait entendue décrocher la clé, ouvrir la boîte et remonter lentement, en m'aidant des barreaux de la rampe, tu crois au Père Noël ?

Ce n'était plus Mina. Sa patience, sa tendresse étaient flétries. Elle avait peur. Je la dégoûtais. J'étais fille d'une femme qui l'avait menacée, des lettres à la main. Je n'avais pas obéi instantanément quand elle m'avait adressé la parole dure, que j'aurais pu comprendre, que j'aurais dû être fière d'avoir comprise. Je portais la faute. Pour quelques heures de plus, pour n'avoir pas supporté un va-t'en, pour avoir eu peur de ce poison, j'avais tout gâché.

Il n'y a pas de pureté charmante, pas de candeur, pas d'innocence, pas de virginité. J'étais impardonnable et Mina, qui se pencha sur moi, qui me nourrit de semoule sept fois roulée dans un torchon blanc, Mina dont j'avais sucé les doigts comme de longues pailles fraîches, Mina cessa de me regarder et m'ignora. À mon passage, elle se cachait. J'avais beau sourire de toutes mes forces quand je la rencontrais au marché, beau essayer de lui rappeler nos chansons, nos espoirs, nos conversations, beau me redresser pour qu'elle se souvienne de mon corps, et secouer mes cheveux encore orange et veloutés, elle retournait dans son taudis, arrête ces enfantillages, je t'en prie, et fermait le volet derrière elle.

Ils se moquèrent de moi, chaque jour, sans trêve. Je rentrais du lycée, mon père m'examinait, de haut en bas, comme au musée une grande argile colorée. Quand j'avais retrouvé ma chambre, après la fugue, je crus vraiment que des casseurs l'avaient visitée. Les tiroirs étaient retournés, le matelas dressé contre le mur, le bureau renversé, tous mes cours éparpillés, les mâchoires de mes classeurs désunies et tordues, mon cartable de toile kaki éventré. Il manquait les lettres de Mina, ses dessins, ses cadeaux. Ma mère les avait volés. Je n'avais plus rien, j'étais dépouillée.

En classe, je portai un temps un bonnet de ski prêté par une amie, et des gants pour cacher l'amour dont j'avais été si fière.

Mina avait deux visages, je tentais de m'en convaincre. Elle passait devant moi sans rien dire, certes, et elle m'ignorait quand je l'attendais sur le seuil, mais je voulais croire encore que son sourire survivait dans ses yeux froncés.

Le jour où elle m'écarta d'elle et me poussa sur la route avec barbarie, je m'efforçai même de reconnaître dans ce coup d'épaule une marque de tendresse bourrue.

Puis Mina disparut, pour ne plus me souffrir.

Quand ma mère mit ma chambre à sac, quand elle trouva, dans le premier tiroir de mon bureau dont elle força la serrure enfantine, toute ma correspondance et les cadeaux légers de Mina (un petit cendrier de terre cuite, à couvercle, un vide-poches doré en forme de babouche) elle eut une idée de génie pour m'hébéter et me rendre pitoyable. Au lieu de confisquer l'intégralité de ma correspondance et la faire disparaître tout entière pour qu'il ne reste absolument aucune trace de mon bonheur, ma mère, qui savait combien l'isolement tue, se contenta de brûler les lettres de Mina, au-dessus du lavabo, et me rendit les miennes pour que je puisse les relire, muettes et sans réponse.

Un terrible silence remplaça les bavardages amoureux qui me tenaient compagnie depuis si longtemps. Je réagis avec ma mémoire, je tentai de me souvenir des phrases de Mina, de ses petits dessins gras et voluptueux (elle ortho-graphiait dessein) et je les recopiai. Si l'agence-ment des mots, leur rythme étaient bien de Mina, l'écriture restait désespérément la mienne. Pour entendre sa voix, j'avais besoin de ses lignes et de ses boucles simples, de leurs ornements, des traits qui soulignaient les mots, surtout de la maladresse de ces traits. Mon écri-ture était monotone et scolaire. Je ne vois pas comment j'aurais pu rendre, avec les pauvres bâtons de mon alphabet, la vie intérieure de Mina, occupée à m'écrire une lettre, assise sous l'ampoule unique, un cahier posé dans l'angle sombre de ses cuisses rapprochées. Je me contentais de recopier les phrases les plus pures et celles qui m'avaient fait du bien. Je craignais de me tromper, je ne me rappelais plus la ponc-tuation. J'eus donc, pour mes nuits, la moins authentique des correspondances, mais la plus accomplie des œuvres de mémoire. Voilà com-ment frappait ma mère.

Je passais mes nuits à revivre notre dialogue, me rappeler à quoi je répondais, me souvenir de ce qui m'avait fait pleurer de joie.

L'une de mes premières lettres à Mina et l'une des plus longues, juste après les deux baisers sur le trottoir, au feutre bleu : Chère Mina, je suis heureuse que tu sois là, ouverte et vive, prête à rire, à te moquer, à renvoyer la balle. Tu ne t'obliges pas à être polie. Tu es d'une bonté sincère et je suis toute surprise, c'est ce que j'attendais. Il paraît que j'ai changé de voix. C'est parce que tu me donnes des choses que je voulais depuis longtemps. Tout à l'heure tu m'as embrassée et je me suis sentie rougir comme dans les dessins animés. Je suis heureuse (ça doit faire dix fois que je dis je suis heureuse) et saoule. J'ai cherché (jusqu'à ce que je comprenne que ce n'était pas la peine d'insister parce que les gens sont toujours occupés par leur famille et leurs habitudes) un super professeur de vie, une fantastique correspondante. Je voudrais que tu t'occupes de moi et que tu saches tout du monde. Je ne sais pas s'il y a une sainte Mina ni quand tombe ta fête. Ton amie émerveillée.

Mina répondit et je vécus dès lors dans un paradis prometteur.

Au stylo à plume, dans la cour, assise sur les marches du fumoir, le papier est quadrillé : J'ai relu ton poème jusqu'à ce qu'il n'ait plus de goût et ce matin, il est à nouveau tout neuf. Je suis très curieuse de toi mais j'ai peur que tu aies eu quatre maris, deux enfants, des chats et que tu les aimes tous encore. Je te promets d'être courageuse. Tu peux me raconter, si tu veux, mais pour moi tu es née le jour où nous avons fumé ensemble.

D'autres fois, j'appuyais mon cahier sur la verrière inclinée comme un pupitre : Mina si loin, ce soir je voudrais te parler, si tu me le permets. J'ai le cafard. J'aime les étoiles. Orion va se lever. On le voit bien, vers neuf heures, depuis le marché. Mais je n'ai pas le droit de sortir. Toi, tu peux y aller. Je te guetterai. Deux phrases, dis-moi seulement deux phrases, comme à une pensionnaire qui ne rentre pas le mercredi. Je t'embrasse de tout mon cœur.

Allongée dans la cour intérieure, je regardais tourner les constellations en attendant un mot de Mina. Parfois, la clarté trop vive de la pleine lune ou bien l'orangé des lumières de la ville me privaient de Cassiopée, de la Grande Ourse, du Bouvier et des corps célestes que je savais reconnaître parce qu'ils sont rouges. Je regardais Mars se lever. Je suivais Antarès qui se couchait. Plus tard, en classe de philosophie, j'appris un syllogisme que je tâchai d'oublier tout de suite, et qui me resta. Tout corps qui réfléchit la lumière de toutes parts est raboteux ; or la lune réfléchit la lumière de toutes parts ; donc la lune est un corps raboteux.

Je pensais à Mina, ses mains, à ses derniers mots, cruels et piquants comme les cailloux de la Mer des Humeurs et les crevasses de la Mer du Froid. Pourtant, je me souviens d'une nuit où nous étions allongées, elle et moi, juste sous la verrière, les épaules et les seins exposés à la clarté lunaire, comme des baigneuses.

Il fallait que je fasse attention à ne pas me laisser aller au découragement quand Mina ne répondait pas. Je devais tenir compte de son extrême fatigue, du fait qu'elle maniait le français comme un outil trop lourd. J'étais impatiente et découragée quand la réponse ne fusait pas, mais dès qu'elle me glissait une lettre par la verrière, j'avais la poitrine toute chaude. Je regardais ses doigts tendus, badigeonnés de henné, et je me demandais ce qui guidait cette main vers moi.

Avec des crayons de couleur (sauf le violet, le marron, le blanc, le noir) : Chère et si douce Mina, j'essaierai de t'imaginer en petite fille de cinq ans. Ta berceuse est magnifique. Je t'aime, j'ai besoin de toi et de la berceuse (qui est si belle, l'as-tu chantée à tes enfants ?). Tu es sensible et fragile. Tu crois que je ne le vois pas ? Tu ne dis jamais rien d'important sans t'excuser du fait que ce sera bête ou idiot. Mina, ce sont les autres qui sont des cons. Ce que tu fais, toi, est beau, ce que tu écris, même si tu as peur des fautes d'orthographe. Tu t'appliques à aimer comme tu t'appliques à écrire bien. Je me rends compte que j'ai de la chance.

Mina se lassa vite de mon impatience, je ne peux même pas tenir un crayon. J'ai vu ses mains rompues par l'usine, elle ne mentait pas.

Lycéenne, j'écrivais sept heures par jour. Mon majeur droit, sculpté par le corps hexagonal des stylos, était déformé par la bosse de l'écriture. Je caressais souvent ce petit organe pourpre, là, à l'intérieur du doigt, exposé à tous les regards. Et plus j'écrivais, plus il rougissait.

J'étais entraînée à la copie, environnée de papiers, de fiches et de papier carbone lumineux. Je possédais du ruban adhésif, des cartouches, des classeurs à anneaux et une lourde perforatrice à récupérateur de confettis. Mina vivait au bord de sa pierre d'évier, sur la terre battue, et tous ses désirs, elle les résumait dans son livre de comptes. Pour moi, elle faisait l'impossible. Je l'ai vue s'endormir, épuisée par la journée d'usine, la tête sur le bloc-notes où elle me dessinait sa maison de Khénifra et le visage de sa benjamine.

Avec le vert du stylo à bille quatre couleurs : Mina, hier soir, j'ai essayé de t'écrire une chanson. Je voulais, très vite, trouver une phrase, une seule, un refrain à glisser sous ta porte, malgré ta fatigue, mais je n'ai pas trouvé assez vite, à cause de la timidité (je savais qu'il fallait absolument te laisser dormir).

Mina se fâcha. Elle se tairait à jamais si je continuais à la harceler pour recevoir des lettres. Elle me montrait ses doigts, tremblants, pleins de blessures. Le Mercurochrome, le sang et le henné en avaient fait des œuvres orange et rouge.

Je tenais un jour, deux, pas plus. J'ai tout de même eu le courage de glisser cette feuille sous la porte articulée : Mina, surtout ne te sens pas obligée de répondre à mes lettres. Je sais que tes mains te font mal. Je les écris par bonheur, je n'en attends rien d'autre que la joie de t'avoir fait plaisir ou rire. J'ai simplement envie de te parler, de te raconter ce que j'ai appris, j'ai égoïstement envie de te faire partager ce que je vis et que je trouve parfois (va savoir pourquoi) intéressant.

En post-scriptum : Ne t'inquiète pas pour tes fautes d'orthographe, tu es adoptée et je suis complètement conquise.

J'avais peur que Mina ne craigne la page blanche, son centre brûlant et qu'elle me dise, à travers la verrière, j'ai honte, je fais trop de fautes.

Elle changea de poste, à l'usine : Pour ton nouveau travail, je t'encourage, je te pousse, je t'ordonne d'être courageuse.

Peut-être mes petits mots ont-ils procuré de la joie à Mina, peut-être l'ont-ils redressée quand elle marchait, à quatre heures et quart du matin, vers la gare routière. J'aurais voulu qu'elle reconnaisse pensivement mon écriture, que sa lecture soit chaque fois bouleversante et qu'elle s'interroge sur un mot intraduisible, qui la ferait mystérieusement attendre et qu'elle comprendrait enfin, après avoir lu et relu.

Et puis j'oubliais les doigts incapables et j'en voulais à Mina de ne rien m'écrire. Alors, pour me faire plaisir, elle essayait de nouveau. Elle cachait sa douleur au pouce sous une abondance de paroles essoufflées qu'elle me chuchotait par la verrière. Ou bien elle m'écrivait une courte lettre, froide, épuisée et forcée, une lettre décevante. Ça m'apprendra à insister tout le temps. Mais j'étais incapable de me corriger. Rien ne m'apaisait, j'étais insatiable et grossière.

Au stylo à bille bleu dont le corps est orange : Chère Mina, j'ai réagi trop fort, tu as raison. Ce matin, tu m'as guérie. Tu es très honnête et sincère et je ne sais pas quoi te dire sinon que tu me manques. Tu es capable de tout construire et de tout détruire. Ne détruis rien. J'aimerais vivre une grande et belle histoire. J'ai surtout peur de ne rien t'apporter et d'être inutile. Je sais bien que je ne pourrai pas remplacer tes enfants. Eux ne t'écrivent pas, mais moi je t'écris. Tu pourrais nous confondre, non ? Au bar, il y a une console de jeux. On ne sait pas ce qu'on doit trouver mais on pose des questions (en anglais), on trouve des clés, des fioles magiques, on fuit des dragons. Et peu à peu, on change de tableaux, de décors, on monte aux niveaux supérieurs. Je te découvrirai, je franchirai les étapes, je me rapprocherai de toi. Un soir, je te gagnerai.

Mon corps écrivait. Cela sortait de moi pêle-mêle. Quand je connus la bouche de Mina, mes lèvres ne me laissèrent plus en repos. À tout moment, je voulais l'embrasser, tout était prétexte à recommencer, à continuer, à garder mes lèvres sur elle. J'étais passionnée mais inaccessible à sa douleur et n'écoutant ses plaintes que pour mieux approcher ma bouche.

Au marqueur trapu : Pour te faire oublier ta migraine d'hier soir, je t'embrasse, tout doucement, sur le front et sur les tempes. Voilà. Je retourne à ma place, un peu loin de toi. Je t'embrasse fort, fort, je t'embrasse comme je t'aime.

Je signais. J'allais mieux quand j'avais glissé ce message dans sa boîte aux lettres.

Je passais des heures contre elle, pourtant je n'avais pas confiance dans ma propre mémoire, dans les scènes qu'elle me restituait : Mina, j'ai peur d'avoir mal compris, dimanche, tout ce que tu m'as dit sur la douceur. C'est sûr ? Et j'attendais confirmation de ce que nous avions vécu dimanche, parce que je n'y croyais déjà plus. Le bonheur, je le considérais comme un rêve et une société dangereuse.

Quand je m'endormais, la tête sur la verrière, sans oreiller pour entendre mieux la respiration de Mina et le drap qu'elle froissait en se tournant dans son sommeil, je pensais qu'elle venait de murmurer dors bien, ma petite, et ce dors bien, je ne sais pas ce qu'il me rappelait exactement, mais il était comme un vêtement magnifique qu'elle m'aurait offert et qui m'aurait rendue forte et indéracinable.

Quand elle est partie, Mina, quand je me suis endormie à cause de la poudre de médicaments que j'avais soigneusement pilés pour me tuer, je me suis récité dors bien, dors bien, ma petite, pour oublier la nausée de la mort. J'allais dormir comme si elle me l'avait commandé.

Au surligneur à pointe biseautée, ce post-scriptum : Mina, il faut que je te dise encore quelque chose. Quand je suis très triste, je me représente mon personnage idéal en train de chuchoter dors bien, exactement ces mots-là. Et j'ai été soufflée que tu m'aies dit ça parce que pour moi, depuis toujours, c'est la phrase la plus tendre qui soit. Je voudrais à la fois t'embrasser, te remercier, rire. Ne fais pas de cauchemars, prends soin de toi. Je t'aiderai, si tu veux, à ce que tu veux. Mina, tu es si importante maintenant.

Le même jour, au crayon de papier : J'ai parlé trop vite. Tu es mon Amie, ma Mère, mon Désir, mon Étrangère, mon autre Langue, mon Autre, mon Interlocutrice privilégiée, mon Point d'interrogation, mon Point aveugle, Celle qui réfléchit avec moi. Tu Me Manques. Et Plein De Majuscules Encore. J'Ai Peur De La Place Que Tu Prends.

Depuis que ma mère nous avait découvertes, enlacées, sous la verrière, depuis qu'un petit cri de rage, poussé par Mina, l'avait alertée comme un couinement, depuis qu'elle s'était précipitée pour se pencher, ses cheveux tristes pendant au-dessus de nous, Mina s'était détournée de moi. Comme pour isoler une vieille toiture basse, elle tapissa la verrière de journaux épais, qu'elle scotcha. Puis, dans les interstices, elle bourra son tablier de cuisinière. La verrière devint presque noire. Au vrai, Mina s'était éclipsée. Je ne vis plus qu'une ombre grise et mobile, sa tête passant devant la petite ampoule à baïonnette, et le papier journal qui jaunissait, finirait bien par se racornir et tomber.

Chaque soir j'attendais. Je refusai de voir et de comprendre qu'elle allait bientôt me quitter. Je continuais à lui écrire, avec entêtement, et je me faisais pleurer en écrivant. J'espérais l'émouvoir.

Elle cria de colère quand je lui saisis le bras, au marché. Elle me singea quand, dans la rue, je tendis les mains vers elle. Elle s'essuya la bouche en grimaçant pour me signifier qu'elle ne m'embrasserait plus. Elle me jeta un petit paquet de pages, qui étaient mes lettres, et je me précipitai. Dans ma chambre, je les examinai pour voir s'il y avait des taches, même toutes petites, mais des taches qui prouveraient que mes lettres avaient été lues. Des taches, il y en avait, oui, et le papier était froissé.

Mon courrier resta désormais sans réponse. Au feutre noir, sur une copie double (j'avais utilisé une copie double pour donner à Mina l'envie de m'écrire sans avoir besoin d'aller chercher, dans la grande malle, les feuilles de papier propre) : Mina, si tu as encore de la tendresse pour moi, alors fais-moi signe. Ton amie émerveillée.

Mon père, goguenard, s'accoudait à la rampe quand je descendais l'escalier pour aller déposer mes trésors dans la boîte aux lettres de Mina. Depuis le deuxième étage, la veuve m'espionnait et vit plusieurs fois voler dans la cour les enveloppes qu'on m'avait rejetées par la fente de la verrière. Mes parents, qui ne craignaient pas de se baisser pour les ramasser, lurent sans doute : Mina, je vois bien que tu n'as plus de temps pour moi, alors je t'écris un petit mot rapide. Quand j'étais en troisième, on a étudié *Le Petit Prince*. Le Renard dit s'il te plaît, apprivoise-moi, et le Petit Prince répond je veux bien mais je n'ai pas beaucoup de temps. Tu ne m'aimes plus mais tu ressembles au Petit Prince.

Elle a dû rire, ma mère, en lisant : Es-tu reposée de moi ? Je voudrais de nouveau descendre te voir. Fais-moi un signe. Je sais bien que je n'ai pas le droit de dire que tu me manques.

Mina ignora par exemple la citation de Rainer Maria Rilke que j'avais recopiée en cours : Mina, j'ai lu ça tout à l'heure. Le don qu'elle fait d'elle-même veut être infini : c'est là qu'est son bonheur. Mais l'indicible souffrance de son amour est toujours venue du fait qu'on exige d'elle qu'elle impose des limites à ce don. C'est moi, et toi tu veux constamment imposer des limites à ce que je veux te donner.

Et quand Mina fut partie pour toujours, c'est le vent qui m'avertit qu'elle n'avait pas ouvert sa boîte aux lettres depuis des semaines. Il soufflait difficilement. Alors je lui ai ouvert le passage. J'ai déblayé toutes les publicités pour des vérandas, des appartements à la mer, des cours de yoga et j'ai séparé patiemment mes lettres de tous les prospectus jaune vif qui les étouffaient. Mina ignora toujours que j'avais écrit : Je te demande de me pardonner, si tu veux bien. N'aie pas peur de mes grands mots. Ce sont simplement des poèmes. Je ne supporterais pas que tu m'oublies.

Jamais tenue, négligée, cette petite carte qui représente un cygne en train de s'envoler : J'étais bien dans tes bras, comme un bébé. Toi, tu avais les yeux tout brillants et un sourire auquel je repense souvent, fait de toutes les matières les plus douces, et j'ai très peur que tu l'oublies, ton sourire, mais je crois que c'est impossible d'oublier si vite. Je t'aime. Je te laisserai dormir. Promis. Dimanche seulement, je te ferai signe par la verrière. Alors on vivra tout doucement un peu de notre amitié. D'accord ? Je t'embrasse de toutes mes forces.

Et d'autres jérémiades, et toute la rhétorique pauvre des gens à qui on ne répond plus : Oui Mina, je sais que tu aimes être seule, mais j'ai besoin de toi. Si tu flanches, si tu te moques de tout, je n'aurai plus de courage non plus. J'ai peur de ton indifférence. J'ai besoin de ma grande dame. Je continuerai à m'accrocher à toi jusqu'à ce que tu comprennes à quel point tu es importante. Je suis capable de t'aimer vraiment, même si tu en doutes, même si tu es triste et désabusée, même si tu veux t'enfermer. Je ne t'abandonnerai pas. Alors, toi non plus, ne me laisse pas tomber.

La dernière phrase n'était pas de moi : Ne me secoue pas, je suis pleine de larmes.

Le jour où le volet de Mina grinça sur ses gonds, je me précipitai à la fenêtre. Sans doute, elle revenait, elle me rendait cette justice, elle avait renoncé à tout ce trajet, longer la France puis l'Espagne, en autocar, prendre le bateau à Gibraltar pour monter dans un autre autocar qui la conduirait d'abord à Casablanca, elle rapportait sa malle pleine de tissus et de cadeaux brillants, elle s'était aperçue que mon amour était léger et bon et qu'il ne l'emprisonnerait pas, comme elle l'avait cru faussement.

Bien sûr, ce n'était pas Mina, mais des hommes qui firent entrer, dans ce qui fut sa chambre, douze motos qu'ils poussèrent, avec des gestes de gardiens, comme si elles avaient été un troupeau de taureaux. Ils étaient trois. Ils chassaient les motos devant eux en se gardant des poignées crochues qui auraient pu leur griffer les flancs, en se méfiant des cale-pieds qui font des bleus aux tibias. Ainsi, il y eut à nouveau des couleurs quand je me penchais sur la verrière et je m'imaginais que toutes ces couleurs vives et nouvelles étaient les châles de Mina, dépliés, étendus là pour sécher.

Je passais mon temps à regarder l'ombre colorée des motos. Puis je descendais au garage, le nôtre, le caveau mortuaire où dormaient tous les souvenirs de mes parents, leurs premiers meubles, mes habits de bébé. Dessous, appartenant à une strate plus ancienne, persistait le dépôt des objets anciens et cassés que les locataires précédents ne s'étaient pas donné la peine d'emporter. Je venais là pour la lumière que dispensait la verrière. Ma peau, aux bras et aux épaules, Mina l'avait vue ainsi, dorée quand il n'y avait aucun obstacle entre le soleil et le verre, grise quand les serpillières, étendues là par ma mère, séchaient en se racornissant, argentée quand l'aluminium des Cocottes-Minute papillotait dans la pièce. Dans le garage, je me déshabillais et je prenais mon plaisir, appuyée contre le mur, les yeux fixés sur la verrière.

Jamais mes parents ne me surprirent là, mais j'entendais le pas de la veuve, dans l'escalier, son pas chuintant, aisé à reconnaître à cause des chaussures noires qui gênaient ses chevilles et la forçaient à descendre l'escalier très lentement, en se plaçant un peu de côté. Elle allait à l'épicerie. J'entendais la porte lourde se refermer. Au retour, si je montais son panier à provisions jusqu'au deuxième étage, la veuve me donnait un franc. Je disais oui, c'était une occasion pour moi de quitter le garage. Et puis, de là-haut, du deuxième, je voyais la verrière et, de l'autre côté, côté rue, le grenier désert de la maison de Clarisse, juste en face.

Vous serez toujours la bienvenue, et cette phrase simple me faisait du bien. La vieille dame m'offrait des bonbons acidulés qu'elle me regardait sucer parce qu'elle n'avait rien de plus à me dire. Plusieurs fois, elle m'offrit de la brioche. Un autre jour, du lait. J'étais un chat qu'elle aurait bien voulu attirer chez elle, juste pour le regarder dormir, en boule, sur le tapis. Je la comprenais assez bien. Dans un coin du salon, un violon était rangé dans son étui. Je déclinais les invitations à jouer. J'ignorais tout de la musique. Elle avait enseigné le violon, elle me proposa de l'étudier. Mais je refusai. Plus elle insistait, plus je me reconnaissais dans cette vieille femme implorante, plus je me souvenais que j'avais voulu imposer à Mina ma présence et mes caresses, l'obliger à entendre ma voix quand elle désirait la liberté, le calme et le repos. La vieille dame me suppliait de lui tenir compagnie comme j'avais supplié Mina de ne pas me laisser aux mains de mes parents. Elle voulait me nourrir, et j'avais, moi aussi, apporté à Mina, pour l'apprivoiser, des boîtes de conserve volées dans le garde-manger. De temps en temps, par pitié pour ce que j'avais été, je me laissais faire. Je buvais du lait. Il était tourné parce que la veuve ne faisait pas attention à ce qui vieillissait dans son réfrigérateur. Je me laissais bourrer de brioche. J'écoutais distraitement une leçon de solfège. Elle ne m'aimait pas, non, elle avait besoin de moi, de tirer de moi ce qui est vital, les sourires, les paroles et la certitude qu'elle n'était pas seule, tout là-haut, au deuxième.

Je le répète, elle me ressemblait remarquablement par ses façons ostensibles de me retenir, ou serrer les mâchoires, de détresse, quand je partais. J'avoue que j'ai éprouvé du plaisir à faire du mal à quelqu'un. C'était la première fois. La vieille dame était la seule créature au monde qui se préoccupât de mon absence. J'allais la voir, non pas pour lui procurer de la joie et combler sa solitude, mais pour me prouver que quelqu'un m'attendait aussi piteusement que j'avais attendu Mina. Ce n'était pas beau, je le sais, mais j'avais besoin de séduire quelqu'un, même une veuve très vieille. Je voulais voir souffrir.

J'étais la vieille dame, faible, avec les jambes lourdes, maladroite encore, à cause de tous ces comprimés que j'avais absorbés et qui me faisaient perdre l'équilibre, voûtée par l'angoisse de la solitude et obnubilée par l'amour. J'avais les moyens de la rendre heureuse. Il aurait suffi que je passe quelques heures sur un fauteuil vert, à babiller, à manger et boire ce qu'elle me donnerait. Mais je ne pouvais pas être un ange puisqu'on m'avait abandonnée. Je me contentais de jouer de mon omnipotence. De temps en temps, je m'en voulais, je mettais la main sur la clenche, j'allais monter, je resterais deux heures d'affilée. Il me semblait que j'aurais une haute idée de moi. Et puis je renonçais dès que j'avais posé le pied sur la première marche. Je n'aurais pas supporté de voir le visage jubilant et dupe de la vieille dame. Ainsi Mina avait vu mes joues triomphantes, mes lèvres bienheureuses. Elle savait bien qu'elle partirait et qu'alors je comprendrais, peu à peu, qu'elle avait joué à la mère, à l'amante, par ennui et par désœuvrement, parce qu'elle avait désappris, à cause de la solitude, comment on embrasse, quelle force doit avoir la main qui passe sur la nuque et jusqu'où peut aller la morsure. Un cobaye ravi, je n'avais été qu'un cobaye.

Une nuit, la maison nous réveilla. La fièvre venait du sol et du plafond à la fois. Il fallut ouvrir les fenêtres. Tous les robinets gouttaient irrégulièrement. Un morceau de plâtre tomba dans la chasse d'eau avec un bruit de grenouille qui plonge. Nous nous sommes retrouvés, dans la cuisine, vers deux heures du matin. Mon père était inquiet comme un prisonnier et tâtait les murs. Ma mère faisait bouillir de l'eau pour la tisane qui nous calmerait. Quand elle ouvrit le buffet pour en sortir les bocaux pleins de feuilles de menthe sèche et de verveine, je revis la couverture marron et je sortis immédiatement dans la cour pour caresser la verrière comme si elle avait été un diamant énorme offert par Mina, en gage d'amour.

Mes parents me rejoignirent dans la cour en se donnant la main. Ils étaient partagés entre la peur et le désir de hurler après moi, me gifler pour que je reprenne mes esprits, pour que je me souvienne que j'étais une adolescente née pour obéir à leur inspiration. Ils restèrent muets. Trop de bruits venaient des plafonds. Cette nuit-là, mon père lui-même eut peur de la maison.

Ils sont allés chercher la lampe électrique et ils ont fouillé. Ce qui les inquiétait le plus, c'était la chaleur qui régnait dans la maison et le fait que je sois réveillée et levée, malgré le somnifère que je devais prendre à dix heures. Les robinets faisaient un bruit de marécage. D'ailleurs, le pas de mon père, étouffé par la pantoufle, était un battement mou comme s'il avait marché dans une eau lourde.

Vers trois heures, alors que nous buvions notre tisane, nous entendîmes le premier gémissement. Du garage jusqu'à son faîte, la maison se mit à gémir. Et nous nous sommes regardés pour essayer de mettre en commun nos connaissances et deviner quel animal poussait ce cri qui nous faisait transpirer de peur. Mon père se souvenait des bruits émis par les maisons, l'été, en Provence, des grattements, des bulles qui crèvent, des rongements d'animaux nocturnes. C'est la vie des bois et des métaux, la maison est vieille, chaque fois que la température change brutalement, elle se plaint. Il avait raison, ce devait être le travail incessant du bois surchargé, pesant sous la masse des pierres et du toit.

Peu à peu, le gémissement se cisela, il devint plus puissant, plus précis. Il se fit aigu. Alors mon père se frappa le front et se mit à rire. Il ouvrit la porte-fenêtre du salon et sortit sur le balcon, côté rue. Une voiture passait. Il attendit que le silence revienne. Puis il plaça les mains devant sa bouche et ulula, à la manière d'un scout ou d'un Sioux. Aussitôt, le gémissement lui répondit. J'étais émerveillée. Mon père modela ainsi d'autres cris de chouette, certains tendres, fermes, élégants, auxquels on répondit toujours. Je crois qu'il était fier et heureux. Ses paumes dégoulinaient d'haleine condensée. Ma mère, tout à fait rassurée, le félicitait. Et nous avons joué, tous les trois, à essayer d'être heureux ensemble. J'ai aimé mon père, capable de parler aux oiseaux et de retrouver, au plus profond de la ville, au plus bétonné, au plus pollué, les bêtes qui font les nuits noires de la campagne. Enhardi, il nous parla des animaux qui habitent nos murs. Des ragondins nichent dans les égouts, il y a, sous les tuiles, d'insoupçonnables espèces d'hirondelles et de lézards. La ville est pleine de larves de sphinx et de courtilières échappées des jardins.

Quand les cris faiblissaient ou cessaient, mon père sortait de nouveau sur le balcon pour ululer. La chouette répondait et achevait de nous rapprocher. Cette nuit-là, je la voyais comme une réconciliation idéale. La maison qui nous effrayait tant était fluctuante et houleuse comme une forêt. Il ne faut pas avoir peur de la nature. Les bruits qui la trituraient et la caressaient étaient des chants d'animaux, des parades nuptiales, la vie des petits peuples des sous-sols et des greniers. Dans les cocons fermentaient des larves qui naîtraient et seraient des machaons ou des mites, selon. La maison obéissait aux lois universelles de la vie, j'étais d'accord avec mon père. Alors je lui demandai de m'enseigner à articuler, moi aussi, le cri de la chouette et nous avons passé la nuit à feuilleter le guide des oiseaux de France pour que je puisse bien me représenter cette hulotte avec qui mon père avait conversé toute la nuit. Ma mère, qui aimait dessiner, crayonna une chouette, tenant une souris morte en travers de son bec curviligne, avec des lunettes blanches, un front tacheté et de petits pinceaux de grands ducs qui lui faisaient de longues oreilles pointues. J'avais des parents doux et formidables que la maison n'opprimait plus. Ma mère allait guérir de sa fureur du bruit. Mon père se souviendrait des bêtes rayées, diaprées qu'il attrapait dans les mares, quand il était petit et tous les deux, ils m'éblouiraient par leur présence bavarde et par leurs souvenirs.

J'ai dormi jusqu'à onze heures du matin. Et j'eus un réveil terrible. Il y avait, en haut, chez la veuve, un bruit de semelles lourdes et de talons jeunes et adultes. De ma fenêtre, je vis partir une ambulance. Alors les lianes qui avaient couvert la maison disparurent. Il n'y avait pas de hulotte dans les platanes du marché. Les rats ne chantaient ni poèmes ni hymnes. Rien de beau ne nageait dans les égouts. Aucune pivoine ne poussait dans les canalisations. C'était la maison, cette maison ventrue ici, écrasée là, au sol incurvé, à l'acoustique de pyramide, qui avait tué la vieille dame et changé ses gémissements en appels de hulotte.

J'appris que la vieille dame était tombée, hier soir, entre le mur et le lit. Il y avait eu fracture du col du fémur et nous l'aurions su, nous serions intervenus pour la sauver, la vieille dame, si la maison avait été moins écrasante et moins redoutable, si mes parents en avaient eu moins peur. Je vomis en pensant à l'atroce conversation de la nuit dernière, qui eut lieu entre mon père, muni de jumelles d'ornithologue, debout sur le balcon, la bouche en cul-de-poule, les deux mains croisées sur les lèvres, et la vieille dame blessée, couchée sous son lit, à plat ventre, qui nous appelait au secours, la bouche collée sur le plancher.

J'avais bourré mon sac kaki de bonbons à la menthe et de Mars que ma mère achetait pour son hypoglycémie de dix heures. J'avais un billet de cent francs, tiré de la poche du pantalon de mon père. Il l'avait laissé, dans le pli, sur le fauteuil du salon. Parce que j'avais souvent menacé de fuguer, ma mère, chaque nuit, confisquait mes habits. Je suis partie, pieds nus, en T-shirt. Je n'avais même pas de soutien-gorge, ma mère l'avait saisi parce qu'elle savait combien j'étais pudique et pensait que je n'oserais pas me montrer à des étrangers avec mes petits seins ballants.

Si la vieille dame n'était pas morte, prise pour une hulotte par mon père, comme si elle avait habité dans un trou d'arbre, si on n'avait pas remplacé Mina par un troupeau de motos

puantes, je serais peut-être restée et j'aurais supporté les sarcasmes de ma mère, toutes les fois
que j'allais vider mon seau dans les cabinets. À
cause de mon comportement que le médecin
disait régressif et de tous ces comprimés que
j'avais avalés, je n'arrivais plus à me retenir. Il
fallut mettre un seau dans ma chambre. Ma
mère surveillait, à travers le plastique jaune du
seau hygiénique, le niveau de liquide, la quantité
de solide. Quand je vidais le seau, j'étais inspec-
tée jusque dans mes excrétions, n'éclabousse
pas.

J'ai pris mes précautions avant de partir,
comme avant un long voyage en voiture, puis j'ai
refermé le couvercle du seau hygiénique. De
l'eau de Javel était restée dans la rigole. Je me
suis sauvée en culotte rose, en T-shirt jaune, nu-
pieds, et mes mains sentaient le chlore.

J'étais habillée comme à la plage. Nous étions
à la fin de juin. J'espérais passer inaperçue.
Beaucoup d'Allemandes, de Hollandaises, de
Danoises circulent ainsi, dès le mois de mai.
Tout de même, j'avais froid, il était deux heures
du matin, et les pieds nus transmettent immédiatement la fraîcheur au corps tout entier. Il y
avait quinze kilomètres d'ici à la mer. Je me

disais qu'il suffirait d'atteindre un port, celui de Palavas-les-Flots ou celui de Carnon, et, de là, trouver une barque qui m'emmènerait à Sète. Sète abrite un paquebot baptisé l'*Agadir* qui me conduirait au Maroc.

Je trouvais toutes mes idées bonnes et faciles à réaliser. Mais ma façon de marcher me perdit. Je pensai à Mina qui m'aurait dessiné, au henné, des chaussures orange. Pieds nus, je faisais beaucoup de détours. Je sautais par-dessus les endroits où le bitume était défoncé. J'évitais les flaques d'huile. Même quand le trottoir était lisse et plat, je ne pouvais pas m'empêcher d'avancer précautionneusement, de peur d'un bout de verre, d'un vieux chewing-gum, des selles pigmentées d'un chien et je crispais les orteils. Mon sac kaki me battait les fesses. Je boitillais, je n'osais pas fumer, une femme qui fume attire les hommes sales.

Un type me suivit, qui avait l'air vieux et fatigué. J'ai pressé le pas, sans courir. Il a shooté de toutes ses forces dans une poire qui a éclaté contre mes chevilles. J'ai trébuché, il a ri.

Cette nuit-là, j'ai croisé d'autres hommes, sans jamais m'arrêter de marcher. Un routier me

suivit, moteur au ralenti, coude à la fenêtre,
vous travaillez ?

Quand j'ai eu faim, je n'étais pas encore sortie
de la ville. Les quinze kilomètres, je croyais que
je les parcourrais sans mollir, d'une seule traite.
Si j'avais su conduire, je me serais réconciliée
avec l'Ami 6, malgré sa vieillesse et ses pétarades
de rosse. Je mangeais des bonbons à la menthe,
les uns après les autres, et on aurait pu me suivre
à la trace, rien qu'en ramassant les papiers
d'emballage. Il me fallait de la menthe à cause
de la nausée.

J'ai marché ainsi sept ou huit kilomètres. Je
sentis que j'approchais de la mer. Je longeais le
canal. Le sable était si humide qu'il passait entre
mes orteils avec un petit bruit de tétée et je me
rappelle qu'un jour, j'avais eu brusquement
envie d'emmener Mina à la plage. Elle apportait
le thé, m'en dissuada, je ne veux pas voir la mer.
Je n'avais pas réalisé qu'elle penserait à son pays
qui se trouve précisément de l'autre côté de
l'eau.
Tout le long du canal, des bateaux abritaient
des familles de mariniers, de pêcheurs, de tou-

ristes. Leurs voix familiales ou souriantes me réconfortaient. Mes parents auraient dû louer un bateau plutôt que d'accepter cet appartement qui était une caricature de maison, moins belle qu'une hutte, froide à cause des murs humides, brûlante à cause des feuilles de tôle ondulée qui rafistolaient le toit et se chargeaient de chaleur comme si nous étions chauffés à l'énergie solaire.

La maison était en forme de branche, tout en longueur, avec des rameaux inutiles et d'autres, anarchiques, qui donnaient sur le vide. Nous vivions comme des singes blottis sur une branche maîtresse. Ma mère aurait dû réclamer, dans sa chambre, le soleil levant, et un salon exposé au sud. Elle aurait dû penser qu'on finit par ressembler aux lieux où l'on vit. Les montagnards sont rugueux, les marins ridés, les gens qui vivent dans des architectures monstrueuses deviennent bossus, tout ce qui est droit et rectiligne finit par les étonner, ce qui est beau et propre les heurte comme du snobisme. Ma mère était devenue ainsi. Quand elle allait chez Clarisse, elle s'asseyait, majestueuse et solennelle, sur le canapé, décidément, tu as des goûts de luxe, donne-moi un tabouret, je n'ai pas l'habitude de ce confort de riche. Nous n'avions pas de salon, seulement ce vieux fauteuil au coussin affaissé.

Elle souffrait, ma mère, et je l'entendis traiter Clarisse de gourgandine, à mi-voix, sous le simple prétexte qu'elle disposait d'une maison assez vaste pour y installer un canapé.

J'avais traduit une version latine, le discours captieux d'un renard qui avait perdu sa queue. Le renard essayait de convaincre les autres, ceux qui avaient un panache bien fourni, qu'il était plus commode et plus futé de le couper, qu'on en était moins encombré, moins reconnaissable, moins accessible aux chasseurs. Mes parents dénigraient tout ce qu'ils n'avaient pas. Je leur en voulais de s'être laissé déformer, sans y prendre garde, et d'avoir accepté le moule difforme de la maison. Maintenant, ils étaient comme elle, instables, pleins de chausse-trapes et de gouffres, compliqués, dangereux comme des ravins, sinueux comme le toit, zigzaguant comme les gouttières rouillées, et leur humeur et leur intelligence s'effritaient comme la façade.

C'est pourquoi j'étais seule, pieds nus sur une route ensablée, avec cent francs et des bonbons à la menthe dans un sac de toile kaki. Si j'avais eu de l'argent, j'aurais joué au solitaire dans la cabine de l'*Agadir* en attendant d'appareiller pour Oran ou Tanger.

Je longeais toujours le canal. Avec mon briquet si lourd, j'ai allumé une Stuyvesant rouge. Salut, tu vas où ? C'était une voix jeune, éraillée. Une fille s'accoudait à la minuscule fenêtre d'une péniche. Je répondis que je voulais aller à Sète pour embarquer. Elle me demanda une cigarette. Je m'approchai de la fenêtre mais il fallut que je me penche beaucoup, par-dessus le noir couloir d'eau, et que je tende loin le bras pour qu'elle puisse attraper la cigarette. D'un coup d'œil, je vis qu'elle était dans une cuisine. Sur une console, des oignons, des pommes de terre. Elle me laissa longtemps penchée, avant de prendre la cigarette, et regarda mon T-shirt, tu es mignonne comme un cœur. Puis un garçon aux yeux bleus s'approcha de moi, s'inclina, j'ai la prétention, au nom de l'hospitalité, de vous laver les pieds. Je riais pendant qu'un autre garçon, aux joues pâles, me servait à boire.

Le lendemain, c'était le 2 juillet, un vendredi, un jour que je n'oublierai jamais. Pour commencer, le garçon aux yeux bleus me réveilla en me brossant les cheveux. Il s'appelait Denis. Il me dit qu'à force de vivre dans un endroit aussi étroit que la cuisine d'une péniche, on finit par acquérir une discipline et une méthode de majordome. Nous sommes trois ici, Katia, Manuel et moi. La première chose à faire, le matin, est de se coiffer. Alors je te coiffe. Manuel préparait le petit déjeuner. D'où tu sors, t'es sale comme un peigne, Katia se penchait sur le col de mon T-shirt.

C'est ainsi que je commençai à vivre.

L'après-midi, Denis emprunta une voiture à des mariniers qui étaient à l'amarre un peu plus haut, après le deuxième pont. Je ne voulais pas qu'il me ramène en ville. Je venais de la quitter, la ville, j'avais marché toute la nuit et pieds nus pour cela. Justement, il te faut d'abord des habits. Ensuite, tu n'as pas assez d'argent pour te payer le passage. Il faut savoir combien coûte un aller pour le Maroc.

Et comme il ne posait aucune question sur les raisons de mon départ et que j'étais ivre de gentillesse, je lui racontai tout, de Mina à la hulotte, du pot de chambre aux tuiles qui tombaient sans cesse dans notre cour, et Denis hochait la tête, de l'air de quelqu'un qui résout le problème au fur et à mesure que l'énoncé se dévide. En effet, il avait réponse à tout. Assis au bord du canal, il repoussait l'eau, il jetait des bouts de bois, il cassait des roseaux, il écoutait, il jetait encore une motte de terre, tu as bien fait de claquer la porte.

À la fin de la semaine, nous avons fait l'amour. J'avais peur de m'effondrer, je croyais qu'il fallait être heureuse pour supporter d'être pénétrée pour la première fois. Et je n'avais en tête qu'un cauchemar pesant de tristesse et de cruauté. Heureusement, ses doigts étaient patients, carrés, humides et frais comme ceux de Mina et, comme ceux de Mina, striés de gerçures.

Quand nous sommes retournés en ville, je portais une jupe à franges qui appartenait à Katia. Ça ne te va pas du tout, les jupes. Denis me fit entrer dans un magasin qui tenait de l'armurerie et du film fantastique. On y liquidait les surplus de l'armée. Je n'avais jamais vu d'habits aussi étonnants que ces tenues de camouflage, ces treillis (je compris taillis et j'imaginai un soldat, vêtu de vert tendre et de jaune, embusqué dans un petit bois). Il y avait des squelettes partout, brodés ou peints, des crânes scalpés, des écussons portant aigles, des badges représentant des morts aux mains pourries, des pin's à tibias entrecroisés, des têtes et des tronçons de cobras qu'on pouvait coudre sur ses manches. On trouvait aussi des casques, des rangers, des pucelles, des coups-de-poing américains, des couteaux de pêche dans leur étui en peau de serpent ou de requin bleu.

Denis me fit habiller de cuir et j'eus l'impression d'enfiler une combinaison de plongée. Même s'ils te talochent, tes vieux, tu ne sentiras rien, je te le garantis. C'est là, dans le magasin, que je demandai à Denis s'il avait déjà vu explo-

ser une maison. Tu veux faire sauter tes vieux ?
Je répondis que non, la maison seulement. Elle
était mauvaise. Elle avait déjà tué, elle rendait
méchant. Mes parents sont fous à cause d'elle,
Mina est partie à cause de la verrière, je n'y étais
pour rien, et la vieille dame est morte à cause de
la maison. Denis posa sur le comptoir un pétard
aussi long qu'une fusée antigrêle. Comme tu
voudras.

Mes parents dînaient chez Clarisse. Leurs fenêtres étaient éteintes. Je sifflai doucement. La rue était déserte. Denis se pencha et glissa dans la serrure du garage à motos une petite clé compliquée. La porte s'ouvrit tout de suite.

J'ai regardé partout, frénétique et anxieuse, comme si Mina avait pu laisser, avant de partir pour toujours, quelque chose à mon intention. Et j'étais prête à me coucher contre le réservoir orange et rouge de la Yamaha qui faisait, de près, un beau ventre de femme. Je dis à Denis que je dormais contre Mina. Parfois ça la contrariait, j'étais brûlante. Elle n'avait plus l'habitude d'avoir quelqu'un contre elle. Denis répondit que Mina était une salope et qu'elle ne m'aimait pas.

Sans à-coups, il sortit la Yamaha du garage. Il l'enfourcha, testa sa légèreté. Il la fit rebondir sur le trottoir, en sautant, comme on essaie l'élasticité d'un matelas. Il se pencha sur le moteur et réussit à le faire démarrer. De son côté, Manuel avait dégagé une Honda verte qui s'étouffa un peu avant de vrombir.

La Honda de Manuel était si puissante qu'il la menait très doucement comme s'il craignait qu'elle ne s'emballe. Denis et moi montions la Yamaha orange et rouge. Denis m'avait dit que je n'aurais qu'à fermer les yeux et imaginer que ce n'était pas lui que je tenais dans mes bras mais le corps de Mina. Il eut l'idée d'aller sur la place du marché, une aire ronde où tourner comme sur un manège. Il affirmait que je n'aurais aucun mal à croire que j'étais dans le désert, tout près de chez Mina, et qu'il m'escortait jusqu'à la tente de mon hôtesse, juste sous la lune. Je pleurais, il se tourna vers moi et ponctua chacun de mes sanglots par une accélération de la Yamaha, qui le secouait et me donnait l'impression qu'il pleurait avec moi.

Pour oublier Mina, il faut que tu la détruises d'une façon ou d'une autre. C'est la première règle pour oublier une fille. Il faut que tu te dises qu'elle est moche. Elle était seule, tu étais seule. Ce qui vous a réunies, c'était la solitude. Et Denis continua ainsi en me rappelant qu'il m'avait trouvée sur la route, pieds nus comme les petites filles des contes, sauf qu'il neige dans les contes et que leurs pieds en deviennent bleus, et qu'il m'avait réchauffée et acheté des bottes et une combinaison qui pouvait ressembler à une grenouillère de cuir, si l'on y réfléchissait bien.

Il m'avait lui-même coupé les cheveux, avec un couteau scie, selon une méthode de son invention qui donne aux extrémités l'aspect de frisons. J'étais bouclée et vêtue de cuir. Le henné avait disparu.

Denis tournait lentement, régulièrement, sur la place ronde du marché. L'effet de cette course était hypnotique. Pour accentuer mon vertige, je tournai la tête et je fixai le pneu arrière.

Le pneu s'imprimait sur toutes les ordures déposées là par le marché et je reconnaissais les traces que laisse le caoutchouc dans le sable, quand on regarde, à la télévision, le Paris-Dakar. Le sable blanchissait chaque fois que Denis écrasait les pots de yaourts et les papiers crémeux des fromages de chèvre. Sous les tréteaux de la gitane, le sable rosissait. Denis guida la Yamaha avec une telle précision que le pneu arrière écrasa, d'un seul coup, une fraise pourrie. Le sable se changea en reg à l'endroit où Michel cassait les assiettes et sacrifiait les plats ébréchés. Les pneus firent jaillir des éclats de Pyrex, l'un de ces éclats, blanc, se prit dans les sculptures et tourna, tourna, tourna, comme un écureuil dans sa roue.

Je quittai des yeux le cercle du pneu pour détacher la ceinture de Denis et plonger douce-ment les mains sur l'épiderme nacré de son ventre qui gonfla aussitôt comme un dôme, et sur la chair pulpeuse de son sexe qui se mit à ruisseler comme l'émail sur un minaret.

Ainsi nous avons foulé toutes les sortes de sables et de pierres, la sciure rouge de la bouche-rie, les herbes courtes qui sont des bouts de fil, les fins de pelote et les échantillons déchirés de la marchande de textile. Puis la Yamaha quitta le sable et roula très lentement dans des jardins. Les larges feuilles de chou moisi étaient des corolles. Il ne faut pas croire que je rêvais. Je voyais très bien les artichauts lézardés, les pommes de terre écroulées dont les germes seuls étaient encore frais, je voyais le violet des laitues pourries et les inscriptions blanches des moisissures dans les oranges. La moto labourait ce potager sombre, le garde-boue se couvrait de pommes écrasées. Quand Denis se leva légèrement de la selle pour jouir, je m'endormis, derrière lui, et je sentais que mes doigts mouillés essayaient encore de réveiller la pulpe de la fleur qui se flétrissait.

Voilà le paradis que Denis m'offrit sur la place ronde du marché. C'est cette luxure ingénue que mes parents travaillaient à m'interdire, cette ivresse candide qu'ils souhaitaient que j'ignore.

C'est le briquet de Khénifra, ce briquet-là, qui déclencha l'explosion et l'incendie. Ma mère le repéra, par terre, entre les motos déchiquetées. Et c'est elle qui me vendit aux policiers.

Nous nous étions retrouvés une heure avant l'explosion. J'ai conduit Katia, Denis et Manuel dans le grenier de la maison de Clarisse. Nous fumions en prenant soin de masquer la braise avec la paume. Manuel me demanda si j'étais certaine qu'il n'y avait personne dans la maison. Je répondis que mes parents étaient là-dessous, chez Clarisse, et la vieille dame morte parce que mon père l'avait prise pour une hulotte.

Et Mina, tu es sûre qu'elle est partie ? J'en étais sûre, évidemment, elle ne pouvait pas vivre dans ce garage à motos et, de toute façon, elle aurait mérité la mort pour m'avoir abandonnée. Les autres acquiescèrent. Alors Denis sortit de la poche intérieure de son blouson le pétard à longue mèche. Il m'embrassa. À la lueur du briquet, je fis danser les visages qui m'entouraient. J'espérais que la sueur qui coulait sur mon front écraserait la flamme. Je sentais l'odeur de l'essence. Le plancher du grenier craqua sous mes bottes. Pas de bruit, dit Katia.

C'est Denis qui commit l'erreur d'attacher le briquet au pétard parce qu'il n'avait pas trouvé de pierre pour le lester. C'est Denis qui siffla pour que nous nous couchions silencieusement, la tête au creux des coudes. Ce fut son dernier ordre avant l'explosion. Je vis passer la mèche allumée de longues étincelles inquiétantes, elle traversa la rue, franchit la porte grande ouverte du garage à motos. Je contemplai une dernière fois la boîte aux lettres muette dans laquelle j'avais glissé tant de messages et qui devait, mentit Mina, m'apporter le vent du désert et des histoires d'oasis. Je vis s'enflammer la sciure imbibée d'essence, j'entendis jaillir les motos en feu. La maison s'affaissait comme un vieillard qui plie les genoux.

En bas, les pompiers s'affairaient déjà. J'étais éberluée par le nombre de gens qui étaient descendus dans la rue et s'agitaient comme des manifestants pour protéger leur voiture de l'eau et des énormes camions-citernes. Il y eut un embouteillage terrible et Denis nous ordonna de nous enfuir. Il me prit par la main. Les greniers communiquaient. Trois maisons plus haut, nous sommes sortis, effarés comme tous les riverains, en essayant de faire les mêmes gestes, curieux et affairés.

C'est ainsi, d'un pas désordonné de badauds, que nous avons rejoint la moto couchée.

Je crois que c'est lorsqu'elle me reconnut, toute vêtue de cuir, elle qui ne me supportait, la nuit, que dans une chemise de coton et une robe de chambre de molleton rose, que ma mère décida de me dénoncer. Je portais une autre peau que celle qu'elle m'avait imposée, je n'étais donc plus de son espèce. J'étais entrée dans l'imagerie des femmes de cuir, qui sont nues dessous et qui posent. Je n'eus qu'à lire dans ses yeux. Elle me trouvait vulgaire, pleine de sensualités et de tourments qu'elle n'avait ni l'intention ni la capacité de comprendre et de

m'aider à résoudre. Elle avait assisté à mes tra-
gédies silencieuses, elle en avait assez d'avoir
pour fille un gouffre qui réclamait sans cesse des
paroles, des réponses, même simples, même
sobres, mais des réponses tout de même. Elle
dut avoir peur en réalisant que les flammes, les
pierres et la fumée qui nous entouraient étaient
sorties de moi, de ma petite gueule de gouape,
comme elle m'appelait parfois. Elle n'avait pas
l'intention de me laisser fondre sur elle comme
une rivière de lave.

Elle baissa les bras, tous ses muscles se relâ-
chèrent, elle desserra les poings, c'est le briquet
de ma fille, je le reconnais. Denis entendit
comme moi que ma mère avait mouchardé,
alors il me prit par le ceinturon pour me faire
monter derrière lui, sur la moto orange et rouge.
Elle était garée devant chez Clarisse, l'explosion
l'avait renversée. Il la redressa. Le siège, déchiré,
perdait de la mousse. Nous avons monté la rue.
La moto s'est cabrée quand Denis a tourné la
tête pour voir si nous étions suivis. Il s'est dressé
sur les cale-pieds, en danseuse, en tendant bien
ses longues jambes. Quand nous sommes tom-
bés, le levier de frein lui a crevé le ventre.

Sous la pression de l'eau, j'entendais éclater les faïences des salles de bains. La baignoire sabot de la veuve tournoya et s'écrasa sur le trottoir en se froissant comme une tôle et je fermai les yeux, à cause du bruit. Les lances des pompiers visaient les carrelages, je me croyais dans la douche, éclairée par le néon de l'armoire de toilette, à six heures et demie du matin, avant de partir au lycée. En réalité, j'étais enveloppée dans une couverture, qui n'était pas l'étouffoir à Mina, mais une couverture de secours que je caressais en chantant une chanson marocaine. Je fredonnais la berceuse que Mina me chantait et qui me gardait éveillée puisque je regardais ses lèvres pendant ce temps, sa bouche et les mouvements ronds de ses bras qui faisaient le geste de bercer, au-dessus de moi.

Pendant que je somnolais, à cause des gifles des policiers qui m'avaient presque assommée, je pensais au ventre de Denis que j'avais vu nu et prolongé par son sexe tendre. L'orange de la Yamaha et le rouge du sang de Denis ont brillé ensemble, d'un éclat métallique, aussi liquide que la peinture pour maquette que l'on vend en petits pots. Je sentis qu'on détachait mes bras pour libérer Denis et comme j'étais égoïste, au fond, j'ai abandonné Denis que je serrais amoureusement comme un berceau et j'ai essayé de me retourner pour voir, en bas de la rue, une dizaine d'hommes et de femmes aux visages noirs qui regardaient flamber un volcan.

Un peu plus tard, ma mère se pencha sur moi et me parla mais je n'entendis pas et je reçus seulement quelques gouttes de sa salive que je pris pour un crachat. Mon père se mouchait souvent. En vérité, ils attendaient que les pompiers aient fermé le gaz, éteint le feu, et libéré l'accès aux décombres de la maison pour chercher leur argent, les quelques bijoux de ma mère et puis les chéquiers, le livret de famille, les papiers, tout ce qui est si long à refaire et coûte cher en timbres fiscaux. Ma mère, qui s'était toujours plainte de ne rien posséder de beau, hurlait comme s'il y avait, dans la maison incendiée, des trésors qu'elle nous avait cachés depuis toujours. Mon père attendait de retrouver quelques outils sur l'établi, au fond du garage. Il plissait les yeux. Il devait se demander où était le garage avant que la maison ne s'écroule, fauchée à la base, méthodique et droite comme un building new-yorkais.

Les autres bâtiments étaient intacts. Les sirènes de la banque hurlaient comme si nous avions essayé d'y pénétrer par effraction. Mais c'était la détonation qui les avait déclenchées. Pour le reste, toute la rue brillait de verre cassé et j'étais convaincue que le souvenir de Mina, désormais, serait totalement anéanti et que je ne ressentirais plus, si fort, l'abandon et la solitude dans lesquels elle m'avait laissée. À me tordre d'angoisse devant mes parents, à montrer combien mes doigts tremblaient, à maigrir et à pleurer tout le temps, j'avais lassé et découragé, à jamais, les espoirs qu'ils avaient peut-être un jour mis en moi. Quand j'étais agenouillée dans ma chambre, devant la statuette orange et rouge, comme ma mère aujourd'hui, dans la boue, elle entrait, maman, elle entrait sans frapper dans ma chambre sans clenche, c'est ton premier chagrin d'amour et sûrement pas le dernier. Puis elle tirait la porte derrière elle, en me laissant exaspérée de désespoir. La verrière avait flambé, Mina était morte.

Si tu veux tuer Mina, m'avait chuchoté Denis, tu n'as qu'à brûler ses photos. Je n'en possédais pas. Alors brûle ce qui te rappelle Mina. La verrière me rappelait Mina.

Délinquante, pyromane, assassin d'une maison tranquille, aucune douceur ne m'enveloppa. Manuel portait des menottes et ne pouvait pas soutenir Katia qui était à genoux. Nous attendions que les policiers nous emmènent. L'étrange, c'est que j'avais l'impression d'être toujours ouverte aux sensations extérieures, toujours impressionnable. Je vibrais chaque fois que j'entendais pleurer Katia, je pensais à Denis qu'on avait transporté à l'hôpital, précédé de sirènes et de policiers qui étaient là pour prévenir son évasion. Plus tard, il me raconta comment il vécut dans sa chambre d'hôpital, avec deux policiers assis dans des fauteuils marron, au pied du lit, ne le quittant pas des yeux et le menaçant parfois de tirer sur les drains qui passaient sous le drap et rejoignaient sa vessie, ses intestins, le bout de son sexe.

Je ne souffrais pas. Grâce à mes bottes, grâce à la combinaison de cuir, grâce aux longs gants que Denis avait bouclés de mes poignets à mon avant-bras, j'avais à peine des taches rouges sur la peau, aux endroits où les graviers incrustés dans la route avaient tenté une déchirure. Je me suis levée du brancard, j'ai mis la couverture en châle sur mes épaules. Puis je l'ai repliée parce que le châle signifiait Mina.

Et je vis soudain ce que j'avais fait.

À la lumière des gyrophares, enjambant le bois mouillé des poutres, j'ai vu mes parents s'engager dans ce qui fut notre maison, avec des mouvements de déséquilibre comme s'ils avaient pris un chemin inexploré et plein d'ornières. Mon père, les yeux illuminés, montra aux pompiers une bouteille de bière intacte et la leur tendit en se touchant les lèvres avec le pouce. Ma mère le tira par la veste et lui dit de se pencher et de chercher. Il s'accroupit, docilement, mais on voyait bien qu'il le faisait sans hâte et qu'il n'avait pas envie, ce soir, sans outils, sans pelle, sans pioche, de retourner une maison entière, comme un ratier, avec les ongles. Elle haussa les épaules quand il dit que la superficie de la maison était égale à celle d'un petit champ et qu'il ne pourrait pas tout labourer cette nuit. Ma mère lui tourna le dos. Alors

Clarisse lui cousit des genouillères avec du coton, des torchons et des sacs en plastique pour qu'elle puisse progresser à quatre pattes sans s'arracher les genoux. La délimitation des pièces, celle des étages, ne pouvait se faire qu'en examinant le papier peint, en se souvenant du mur qu'il avait tapissé. Ma mère arpentait des mètres carrés de terrain qui lui apparaissaient comme de grands coffres ouverts où s'entassaient, au hasard, les gravats et les objets qui avaient été siens, auxquels le feu avait donné une parenté de teinte, tout était marron. Je vis ma mère errer, à quatre pattes, sur ce bloc massif qui fut une maison à étages et de temps en temps, elle appelait mon père, notre chambre était bien ici ? Mon père, qui avait toujours été un modèle de cartographe quand nous partions en vacances, était perdu et tenait son pantalon remonté, comme un touriste qui va ramasser des coquillages, pour ne pas le tremper dans l'eau noire où tout baignait.

Longtemps j'ai gardé l'habitude, pour marquer l'écoulement du temps, de préciser que telle ou telle chose avait eu lieu avant ou après notre arrestation, sous les yeux frémissants de mes parents. Je dis encore couramment, c'était avant que ma mère ne me fasse passer les menottes aux poignets, c'était après que le juge pour enfants, qui boite, ne s'avance vers moi, en se balançant dans sa longue robe, comme un roi mage sur un chameau.

Quant à Mina, j'imagine que, depuis son retour à Safi, elle pense, avec soulagement, qu'une mer coule entre elle et moi et qu'enfin, le souvenir de mes doigts sur son poignet et de mes lèvres toujours remuantes commence à s'estomper. Sa maison doit être bâtie entre une mosquée et une tour ajourée. Les rideaux très lourds, les tapis isolants l'ont empêchée d'entendre mais je suis sûre qu'à l'instant même de l'explosion, sa fille, la plus jeune, a tressailli et qu'elle a fait tomber, dans la poussière de la rue, un pot plein de gros sel taillé et brillant comme des diamants pour bracelets d'enfants.

Deux jours et deux nuits, intensivement, puis un mois entier, avec moins de fougue parce qu'il fallait creuser de plus en plus profond, mes parents remuèrent les décombres. Aidés de Clarisse qui possédait une véritable torche de spéléologue, au verre protégé par une grille d'acier, ils fouillèrent la maison qui appartenait maintenant au ciel, aux poussières soulevées par les voitures, aux excréments chauds des pigeons, aux bouches d'égout, aux chiens qui y trouvaient de l'eau et pissaient aussitôt.

Longtemps, la maison resta voilée d'une fumée blonde. Longtemps les gravats se changèrent en boue, à chaque pluie. Des tissus remuaient, des sifflements s'élevaient de l'antenne de télévision écrasée par la baignoire de la veuve. Des graines prirent racine. Des chats se purgeaient, assis, en faisant le petit bruit de tondre l'herbe. Le vent visitait les armoires. Dans ce qui fut ma chambre, un pan de mur était resté debout, mais le sous-verre qui contenait la carte du Maroc s'était volatilisé et la carte n'était plus qu'une goutte de métal. Elle ressemblait à l'envie de Mina, celle de la tempe, froide, couleur d'argent, et ma mère, Clarisse, les policiers, les experts l'ont piétinée sans fin. J'espère qu'à chaque coup de talon sur Tanger, sur Rabat, sur la bouche ronde qui figure Volubilis, Mina s'est retournée sur son matelas de laine écrue et qu'elle a froncé les sourcils en berçant son petit-fils, le troisième, né la veille de son retour.

Nous avons vécu chez Clarisse, le temps pour mes parents de trouver un appartement à louer. J'ai senti, chez elle, la bonne odeur du mastic neuf. D'ailleurs, toute la rue embaumait le mastic frais et des fenêtres, irrécupérables à cause des rayures anciennes, que jamais personne n'aurait pu laver, portaient des vitres neuves et dans chacune d'elle on se voyait comme encadré dans un portrait. La rue était devenue une longue galerie reluisante.

Mon père était heureux d'avoir retrouvé, presque intact, son réveil. Le fauteuil qui boucha si longtemps l'accès à ma chambre n'avait pas souffert non plus, si l'on excepte les odeurs de fumée et de toile de jute qu'il se mit à dégager. Je n'aimais pas passer devant la maison, je me fermais les yeux en tirant sur mes paupières avec les index, chaque fois qu'on m'amenait au tribunal. Parfois, j'ôtais trop tôt mes doigts et j'avais le temps, malgré moi, de voir que notre maison était un enchevêtrement épineux. Mais la verrière sous laquelle Mina se mourait d'obscurité, de solitude et de silence, la verrière — cela me consolait — n'était plus que lumière et plein vent.

Ce quartier n'intéresse pas les promoteurs. Et puis que ferait-on de ce chicot ? Qu'une maison s'effondre et elle reste là, ramenée à ses matières premières dont les camelots, munis de paniers, viendront se disputer les monceaux. Clarisse pensait tout de même que la banque rachèterait ce petit morceau de terrain pour en faire un parking de douze places, en épi. En attendant j'avais surpris Roland, le quincaillier du marché, celui qui charriait des caisses de pinces coupantes à manche de caoutchouc jaune et des tournevis électriques, en train de dépecer la Yamaha orange et rouge. Les mâchoires de ses tenailles étaient garnies de feutrine. Accroupi, les mains entre les genoux comme un détrousseur de cadavre, il opérait sans bruit la moto déchiquetée. Il a emporté une pleine poche de boulons et de vis. Le bouchon du réservoir, il l'a glissé dans sa manche. La gitane qui me tendait des fraises et chantait, toute l'année, à la tendresse, à la verduresse, artichauts tendres et beaux, récupéra tout ce qui était laine ou coton. Chargée de nos vêtements troués et brûlés, elle avait l'air d'un fantôme obèse. Ainsi, tout le marché défila. Notre vaisselle cabossée fut vendue dans la semaine. Nos fripes partirent pour Paris avec le plomb des tuyauteries et le laiton des robinets. Clarisse disait que le moment le plus sacré était le matin, à quatre heures et demie, quand les tréteaux n'étaient pas encore montés, quand les chiens côtoyaient les voleurs courbés dans des postures d'archéologues, et fouissant.

Mes parents ne m'adressaient plus la parole. Ma mère attendait que j'aie dix-huit ans et qu'alors ils puissent, elle et mon père, ne plus rien me devoir. Je crois que Clarisse intercéda en ma faveur pour qu'on m'épargne le foyer pour jeunes délinquants. Manuel, Denis et Katia étaient en prison. J'étais sans nouvelles d'eux.

J'avais toujours mes bottes de moto. Je les gardais la nuit, je les caressais, je les nourrissais, je les soupesais parce que, le matin de mes dix-huit ans, elles m'emmèneraient ailleurs, et j'aurais à nouveau le macadam sous mes semelles et des chansons marocaines à siffler.

Heureusement que nous vivions encore chez Clarisse quand j'ai attrapé cette grippe. Elle s'est occupée de moi pendant que j'avais la fièvre. J'ouvrais les yeux, elle était là, avec un plateau, une petite cuillère, un sachet d'aspirine. Ma mère passait son temps en ville, je ne lèverai pas le petit doigt pour cette ordure qui nous a jetés à la porte de chez nous.

Chez Clarisse, j'occupais la chambre donnant sur le jardinet aux roses. Elle avait eu la délicatesse de ne pas m'installer face à la maison dévastée. Du reste, Clarisse ne changea pas d'attitude envers moi. Ma mère me fuyait et passait loin de ma chaise parce que j'étais, disait-elle, délinquante et lesbienne. Clarisse haussait les épaules et je crois que si elle mit tant d'ardeur à trouver pour mes parents une petite maison, au centre-ville, et à les convaincre de s'y installer dès la fin du mois, pour profiter là-bas de la belle saison, c'est pour se débarrasser au plus vite de ce couple bruyant qui se levait à toutes les heures de la nuit pour aller s'accouder à la fenêtre, côté rue, et jurer.

Clarisse voulait que nous fassions un voyage. Et elle me promit de m'emmener à Rome, dès que j'aurais mon baccalauréat. Pendant une semaine, je n'ai plus osé la regarder, à cause de mon histoire d'amour avec Mina. En me promenant sur le marché, en touchant les légumes pleins de terre, je m'interdisais d'éprouver pour Clarisse la moindre affection. Je guettais son pas dans la maison, le tintement de ses boucles d'oreilles, pour avoir le temps de m'enfuir dans une autre pièce, pour ne pas la croiser, ne pas avoir à lui sourire. Clarisse se moquait de moi, ce voyage à Rome était une insulte. Tu devrais réviser encore ton chapitre sur le Benelux, va te coucher, va, petite mine, j'avais peur de ses phrases douces. Il me semblait retrouver, dans Clarisse, les caractères généraux qui dénoncent les femmes fausses. Elle allait, comme Mina, faire semblant de m'aimer pour mieux me saigner et je pensais, avec justesse, que j'avais vécu trop de choses brisantes pour en réchapper. Alors, un soir, je me suis assise à la table où Clarisse tricotait, et j'ai parlé. J'ai dit tout ce qui me tourmentait. J'ai dit que j'avais déjà connu, avec Mina, l'amour inflexible des femmes qui cherchent, dans les filles de quinze ans, ce qui les étouffait, elles, à quinze ans, et qui comptent sur ces petits cobayes qu'elles caressent à longueur de temps pour revivre toutes leurs douleurs et tous leurs souvenirs de chair et de sang. J'ai expliqué également que je n'étais pas un tissu d'Arlequin dans lequel elle retrouverait les traits de ceux qui lui manquent. Je ne serais ni la forme sans cesse mourante et renaissante de sa fille, ni le sosie de sa propre adolescence, ni, évidemment, l'instrument par lequel elle regarderait désormais le monde. J'ai ajouté que Mina avait fait preuve à mon égard d'une extrême injustice. Clarisse cessa de tricoter, quand tu as été malade, j'ai pris ta température pendant que tu dormais, je te connais comme ta mère te connaissait quand tu étais petite, épargne-moi de la peine s'il te plaît, tu n'es pas mon amante et tu ne le seras jamais parce que tes cheveux et ta peau ne sont pas une révélation pour moi, tu n'es pas ma fille puisque tu n'es pas issue de moi, tu es une femme comme une autre, jeune, dont j'ai suivi la maturation depuis que je fréquente tes parents. On n'a pas forcément l'envie de cueillir le fruit dont on est fier. Et quand elle eut fini, elle me coiffa du tricot en faisant attention de ne pas me piquer avec les aiguilles, comme ça, tu ressembles à une paysanne hongroise. Quand elle reparla du voyage à Rome, je fus tout à fait tranquille.

Mon baccalauréat, je le travaillai tant que je finis par confondre Safi et Sofia. J'oubliai le drapeau marocain, son étoile dorée, son rouge foncé comme le châle de Mina. J'apprenais par cœur des listes de chiffres et de pourcentages. Il neigeait dans tous les pays d'Europe qui étaient au programme, on ne trouvait, sur les cartes, ni désert ni dorures. J'avais la tête pleine de l'Europe nouvelle. Pourtant, quand j'ai eu mon baccalauréat, quand je suis allée consulter les grands tableaux d'affichage et que j'ai lu mon nom, à côté de la mention assez bien, Clarisse a simplement dit week-end à Rome et c'était le titre, je crois, ou peut-être le refrain, d'une chanson que j'avais aimée, au temps de Mina.

Alors la peur revint. Clarisse me décrivait les façades si belles des villas romaines, quand elles ont été restaurées et qu'une fois les échafaudages ôtés, elles resplendissent. Elle me promit de hautes voûtes solennelles, qui ne sentiraient pas le bois pourri, comme les bancs du tribunal. Elle me promit des cataractes, plus extraordinaires que les lances de pompiers, et des montagnes de colonnes et de statues. Au moment où j'allais dire non, parce que la peur de vivre avec Clarisse et de me souder chaque jour un peu plus à elle m'avait reprise, Clarisse me regarda droit dans les yeux, bien entendu, tu iras seule, je compte sur toi pour te conduire bien, et je crus comprendre qu'elle ne chercherait jamais à m'entourer ni à me cerner mais qu'elle essayait seulement de faire de moi un être libre. En fait, elle encourageait, chaque jour un peu plus, ma force d'expansion. Je n'étais pas sa prisonnière, c'est vrai. Je ne ressentais pas en elle, comme dans les griffes de ma mère ou les bras de Mina, les forces contradictoires du Yo-Yo qui font voler la petite boule de bois et donnent à la plus raide des ficelles un moelleux d'élastique. Mina avait fait de moi une marionnette à tête de tilleul et passait, comme une guignoliste, la main sous mes habits pour me faire obéir. Je me souvenais encore — moins fort, mais je me souvenais tout de même — de la main de Mina posée sur mon ventre ou bien tirant sur un bonnet de mon soutien-gorge et bavardant, disant à peu près que

143

tout cela n'était pas bien épais et qu'il fallait que je mange un peu plus.

Pour fêter mon baccalauréat, mes parents m'envoyèrent un billet de deux cents francs dans une enveloppe doublée.

L'été de mes dix-sept ans, Clarisse me trouva un petit boulot dans une épicerie pour que je puisse totalement subvenir à mes besoins et ne plus jamais rougir en me resservant du calmar, elle allait m'envoyer à Rome, j'étais inscrite pour septembre dans une école préparatoire aux carrières sanitaires et sociales. Un jour de juillet, le 16, vers quatre heures, Denis siffla à la porte. Il apportait une bouteille de muscat de Lunel et une boîte de gâteaux secs. J'ai vu tout de suite, à la poussière de ses bottes, qu'il s'était promené dans la maison couchée. Ses ongles étaient sales. Il avait retourné les morceaux de plâtre. Ce n'était pas la première fois que je revoyais Denis depuis sa sortie de prison. Il était passé, pendant que mes parents vivaient encore ici, avec des fleurs pour moi. Ma mère les avait jetées immédiatement, elles puent.

Denis ne s'attarda pas. Il eut le temps de me

dire que Katia avait trouvé une place de cais-
sière, à Lyon. Manuel était en Angleterre pour
un très long voyage d'études. Il lui avait écrit
une carte postale, une seule. Et depuis, plus
rien. Quand Denis revint, en juillet, c'était pour
me dire qu'il allait faire son service militaire. Là-
bas je casserai les reins de toutes les motos kaki,
et je souris.

Contrairement à ma mère qui assistait à
toutes les conversations avec mes amis, Clarisse
me laissa seule. Et je savais, sans besoin de
preuve, qu'elle ne m'espionnait pas derrière la
porte. Denis et moi n'avions plus rien à nous
dire. Je lui ai reproché tout de même d'être allé
se rouler dans les décombres.

L'autocar me secouait et quand nous avons longé la mer, à Monaco, j'ai vu une barque de pêcheur qui scintillait tellement que j'ai cru reconnaître un morceau de ma carte, un petit bout brillant du littoral marocain. J'allais à Rome. Une vieille dame qui ressemblait un peu à la veuve me fixa alors que je gravissais les trois marches du car. J'avais l'air toute pure, avec mes yeux baissés. Elle me le dit, sur l'aire de repos où le car se rangea, deux heures plus tard. À l'arrêt suivant, un papillon jaune aux ailes ligneuses comme la chair d'ananas se posa sur ma manche.

Pas de bleu turquoise, pas d'orangers, pas de dentelles ajourées, j'allais à Rome dans un car de touristes. Ils avaient l'âge de mes grands-parents et se connaissaient tous. On avait dû m'inscrire là, au dernier moment. Le guide et le chauffeur me le confirmèrent. J'étais là par protection. Je ne compris pas tout à fait l'expression par protection mais je jugeai que c'était la protection de Clarisse qui me couvrait tout entière et que je n'avais plus qu'à dormir en attendant d'être à Rome.

Je me demandais ce que Clarisse voulait faire de moi. Je crois qu'elle cherchait à me construire. Il fallait sans doute que je devienne suffisamment forte pour être capable de me fonder et de me bâtir moi-même. Cela faisait partie du droit de vivre, une liberté et un devoir dont mes parents n'aimaient pas que je fasse usage.

Clarisse m'avait envoyée à Rome pour étudier les pierres, celles qui sont couchées par l'usure, les vestiges. Peut-être voulait-elle me faire comprendre que la ruine ne ressemble pas toujours à une maison écroulée mais qu'elle peut avoir de la valeur et de la noblesse au point qu'on l'analyse, qu'on la pille et que, depuis des siècles, elle fasse rêver les peintres et les musiciens. J'étais sûre que c'était bien la leçon de Clarisse.

Quand nous sommes arrivés à Rome, j'ai tenté de relever la maison que j'avais détruite avec Denis, Katia et Manuel. Tout en aidant mes compagnes de voyage dont je portais les lourds cabas pleins de souvenirs religieux et de panettone, j'écoutais le guide parler des charpentiers, des maçons, des tailleurs de pierre, des verriers, des plâtriers et des peintres. Je puisais de tous mes yeux, je photographiais les églises, je passais la main sur les pierres. Tout ce que je voyais ressemblait aux images de l'encyclopédie de l'architecture, dans la bibliothèque de Clarisse. J'étais bien, seule à Rome. J'étais débarrassée de mon berceau, réduit en miettes dans l'explosion du garage, désemplie du poids de mes petites chaussures de neuf mois, aux lanières jaunies et qui pesaient comme des semelles de scaphandriers, dégagée de la pile de mes journaux intimes qui, à force de tassements, avaient fini par former un arc. Il y avait des chapiteaux, des bas-reliefs et des plafonds inaccessibles qui me faisaient oublier les nôtres, tachés d'humidité, piétinés par la veuve et meurtris par les coups de manche à balai que ma mère peignit comme des bleus.

Rome me guérissait. En quelque sorte, elle changeait tout en or. Les ruines, elle les redressait. Et je sentis même que Rome me pardonnait d'avoir détruit une maison qu'elle n'aurait pas reconnue pour sienne et qu'elle aurait, comme moi, détruite et abandonnée.

Dans les restaurants où nous mangions des lasagnes, dans les rues commerçantes, à la terrasse des cafés, j'entendais des voix appeler Tina, ou bien Gina, ou encore Dina. Chaque fois je me retournais, comme si ces cris me concernaient.

Des garçons me sifflaient, ils essayaient de me prendre la main mais je restais sagement dans le groupe. Leurs jeans, plaqués contre le ventre, je n'osais pas les regarder à cause du sang qui jaillit, cette nuit-là, de la vessie et des intestins de Denis et qu'il n'eut pas l'idée de comprimer de ses mains, comme dans les films de cape et d'épée, parce que c'était impensable.

À la fontaine de Trevi, je me suis ruinée. J'ai lancé toutes mes pièces comme s'il s'était agi d'une machine à sous, une de ces petites machines qui sont dans les foires, où un bulldozer jaune pousse des pièces de monnaie disposées en nappe. Je n'avais plus en tête que des images de démolition. J'ai pris la fontaine de Trevi pour une merveilleuse machine à sous. J'ai regardé comment les autres s'en servaient, s'il y avait une règle du jeu, une position des bras ou des pieds à adopter pour que le mouvement soit précis et efficace. Ils jetaient distraitement une pièce et se retournaient aussitôt. Je distinguais les sous dans l'eau très transparente. Chaque pile, chaque face était une prétention, une ambition, une convoitise ou un vrai soupir.

J'ai posé le pied droit sur le bord et puis j'ai jeté une pièce en priant. Égoïstement, j'ai d'abord souhaité que mes démêlés avec la justice n'entravent plus jamais le cours de ma vie. J'ai lancé d'autres pièces, plus haut, plus loin, contre les sculptures qui crachent l'eau. Je voulais les réveiller pour qu'elles se rangent à mes côtés et exaucent mes vœux. J'ai demandé, successivement, la réussite au concours d'entrée à l'école d'infirmières (mon père prononçait infermière) pour faire plaisir à mes parents, une bourse de scolarité pour les trois années à venir afin de soulager Clarisse qui était une femme irremplaçable. J'ai exigé d'oublier définitivement Mina. Pour cela j'ai trempé un billet de vingt mille lires dans la fontaine et je l'ai maintenu sous l'eau, jusqu'à ce qu'il soit complètement réduit en bouillie. La veille, dans le car, j'avais rechuté. L'autoroute m'ennuyait tant que j'avais griffonné le visage de Mina sur mon calepin. J'avais aussi écrit son prénom et son nom, en calligraphie arabe, comme elle me l'avait appris. Je jetai à nouveau des pièces dans la fontaine pour que l'éponge soit définitivement passée sur mes frasques (dire que je croyais avoir fait des frasques, dire que j'étais convaincue d'être une fille indigne parce que j'avais embrassé une femme et tenté de me donner la mort et résisté à mes parents et souhaité ne plus aller au lycée. Ils m'avaient eue et bien eue, ils m'avaient élevée comme une poupée qu'on bat et j'y croyais, à leur morale. Mais pourquoi personne, pas même Clarisse, ne s'était penché sur moi pour me dire que toutes les filles de quinze ans ont le cerveau exalté dès qu'il fait chaud, elles aiment des femmes et ça les rend adorables, elles ont envie de voir la mort de près et c'est normal puisque, depuis le jour où elles ont saigné, leur mère leur a répété qu'elles donneraient la vie. Personne ne m'a parlé ainsi). J'étais à Rome pour la rémission de mes péchés et si le voyage avait duré plus de deux jours, je serais peut-être même allée dans une église pour me confesser.

Je suis rentrée dans la nuit de dimanche à lundi, ballottée par le car, mais persuadée d'avoir reconstruit, au-dedans de moi, grâce à Clarisse, une fille nouvelle, fidèle, qui serait désormais douce et spontanée. Le guide avait tant parlé de la lumière de Rome et je me sentais tellement nimbée de cette lumière que j'avais acheté, là-bas, un T-shirt gris, pour bien montrer que je n'avais pas besoin de briller à l'extérieur pour être le soleil de Clarisse et le mien propre. À quatre heures du matin, je suis tombée en descendant du bus parce que je me croyais un ange et je n'ai pas fait attention aux saillies du marchepied.

Au mois d'août, j'ai lu beaucoup d'ouvrages sur le cinéma, les religions et l'architecture. Clarisse avait été représentante en encyclopédies — elle disait libraire d'art — et empilait, dans une bibliothèque vitrée dont ils avaient déformé les étagères, des volumes très lourds dont la page de garde était tamponnée, en travers, des majuscules violettes de SPÉCIMEN. Les étagères étaient devenues rondes comme des dos d'écoliers.

De temps en temps, j'étais heureuse. Je me disais que c'était un miracle, tout de même, que Clarisse soit une femme si profondément opposée aux principes autoritaires de mes parents. Bien que je me sois interdit de penser à son corps, je la trouvais gracieuse et mobile. Mina était lente à se mouvoir, faite d'un bloc, massive et figée par tous ses habits, ses foulards, ses châles si épais. Ma mère était nerveuse et crispée comme un bout d'écorce craquant.

Clarisse m'aimait pour moi-même. Elle me l'avait répété, jusqu'à ce que je ne doute plus de son attachement. J'y croyais, je l'avais juré en faisant semblant de cracher. Nous avions vu, dans un western, John Wayne cirer ses bottes avec de la salive pleine de tabac, tu sais ce qu'il te reste à faire. Clarisse se moquait de moi, gentiment, parce que je nourrissais et soignais mes bottes de moto chaque matin, comme si j'avais possédé un couple d'inséparables. Clarisse m'aimait pour ce que je deviendrais, si je faisais preuve de courage. Ce mois d'août fut un vrai paradis.

Quand nous sortions pour aller au marché, je ne voyais plus la maison éboulée, avec ses flaques de pluie, ses œufs d'insectes dans le salpêtre, ses nichées de souris, ses graminées, pauvres et jaunes, qui se couchaient sous le courant d'air de la rue, ses traces de pattes de chiens dans la poussière. Elle était devenue une mine précieuse et antique, mieux, une carrière où des hommes et des femmes travaillaient en transpirant doucement. Je ne me souvenais déjà plus de la hauteur de la maison debout, de la forme de ses tuiles, de la couleur de sa façade, du nombre de fenêtres qui s'ouvraient sur la rue, s'il y avait un robinet en état de marche sur le palier du premier. La maison était une ruine romaine et les lambeaux de papier peint des fresques. Denis n'avait pas saigné, son ventre était toujours ferme comme celui d'un enfant musclé. Les policiers ne m'avaient pas giflée en me tenant par les cheveux. Katia et Manuel étaient mariés depuis longtemps et partaient demain, pour des vacances à Orcières-Merlette. Chaque matin, je me postais devant les décombres pour leur appliquer les tours de magie que Rome m'avait appris et qui changent les gravats en thermes. Dès lors, je vécus un peu comme une héroïne divinement transformée par un pèlerinage. Et cela aurait pu durer, j'aurais pu continuer à lutter joyeusement contre le passé, j'aurais pu avoir confiance en moi au point de réussir, l'année prochaine, l'examen d'entrée à l'école préparatoire aux carrières sanitaires et sociales. J'aurais pu oublier les dessins écrasés, effilés ou sinueux des tests de Rorschach dans lesquels je ne lisais que des hyènes autour d'un point d'eau, j'aurais pu oublier totalement le juge à robe délavée comme un jean noir, j'aurais même pu désapprendre la verrière si je n'avais pas reconnu, tout à fait par hasard, à la terrasse d'un café, assez loin de la maison, ma mère et Clarisse attablées.

J'allais acheter une boîte de graisse pour les cuirs. J'étais vêtue de mon T-shirt romain, gris terne dehors mais lumineux dedans, et je m'y sentais comme enveloppée d'une tunique magique qui me donnait encore le pouvoir de vivre. L'étiquette, or sur noir, brodée made in Italy, m'irritait la nuque et ce petit rappel à l'ordre me forçait à me tenir droite. Je me redressais, mes seins gonflaient la matière miroitante du T-shirt. Ainsi je me croyais belle et je faisais tout, vraiment tout, pour que mon corps soit moins flasque, mes idées moins obscures et qu'on puisse voir, sur mon visage et dans la netteté de mes gestes, toute mon adresse à vivre.

J'ai couru vers elles. Clarisse buvait un crème, ma mère un expresso. J'étais prête à me blottir entre elles et à demander une bière à la menthe. Je fouillais même mes poches, tout en courant, pour vérifier que je pourrais payer les consommations. Leur offrir quelque chose m'aurait fait vraiment plaisir. Les tables dessinaient un dédale. Les jambes tendues, les sacs à main et les cartables posés me ralentissaient. Et puis mon lacet droit s'était défait. J'avais l'impression que ma cheville avait fondu. Comme je voulais me présenter devant elles, parfaite et droite, bien campée sur ces baskets que je mettais si rarement, je me suis accroupie pour renouer le lacet. Ce n'est donc pas tout à fait ma faute si je suis restée là, invisible, recroquevillée comme un crapaud, presque sous leur table. Ce qu'elles disaient, bien que je ne l'entende pas plus fort qu'un bourdonnement de mouches, me fit asseoir par terre. Une demi-heure, tombée en enfance, j'ai joué avec mes lacets pendant que le garçon jurait et me marchait sur les doigts chaque fois qu'il me trouvait sur son chemin. Je n'ai jamais autant regretté d'avoir accepté d'ôter mes bottes. Clarisse me l'avait conseillé, à cause de la chaleur, pour prendre soin de mes pieds qui risqueraient de se confire dans une telle étuve. J'ai souhaité porter, moi aussi, comme Denis, une casquette kaki, et un poignard de commando passé dans ma ceinture. Au magasin des surplus de l'armée, ils vendaient aussi des grenades à plâtre. J'en aurais balancé une sous la table de Clarisse et de ma mère qui se seraient levées précipitamment, comiques, horribles, tourmentées, un peu zébrées de sang et peintes en blanc comme des prostituées japonaises. Mais je portais mon T-shirt romain et des chaussures de basket. Alors j'ai écouté la voix de Clarisse, qui se

distingue facilement, sa voix de poète qui me fit
réviser, à la fin de la première, l'oral de français.

Ma mère remplissait un chèque. Elle nota la
date et, sur le talon, le nom de Clarisse. Elle leva
la tête, je te dois combien pour Rome ? Clarisse se
gratta le sourcil droit en réfléchissant, elle calculait. Je te fais le chèque, tu déduiras si nécessaire
de la note du mois prochain, tu crois que tu arri-
veras à la calmer, moi, je renonce à en faire quoi
que ce soit. Clarisse sourit, elle est bien en ce
moment, elle a dû se faire dépuceler à Rome, elle
est apaisée. J'ai même réussi à lui faire enlever ses
bottes. Elle fit remarquer qu'il était temps, en
effet, que je rencontre le loup et ma mère éclata de
rire, une louve, une louve, là-bas, c'est forcément
une louve qu'elle a dû rencontrer.

En passant devant la maison, j'ai levé la tête une dernière fois. Les lambeaux de papier peint se détachèrent des murs, le fil de fer, de nouveau, s'enchevêtra. En une demi-heure, mon T-shirt gris avait perdu toute sa puissance. Alors la force qui me gouvernait redevint cruelle. Je voulais m'ouvrir les poignets avec les morceaux de la verrière qui brillaient encore un peu sous la terre. Et puis j'ai eu une autre idée.

Quand Clarisse rentra, elle me surprit, occupée à cirer mes bottes avec un pan de son chemisier rouge. J'avais également sorti de son tiroir un foulard orange pour reconstituer mon drapeau, les couleurs de mon étendard, celles de la Yamaha. La maquette rouge, orange et noir, l'incendie l'avait fait fondre et couler sur les livres. J'avais vu, sur la couverture brûlée d'un Arthur Koestler, au beau milieu, une énorme goutte ronde et rouge comme un vrai sceau de cire. Je suppose que c'était la moto. Je ne l'ai pas ramassée.

Clarisse ne dit rien. Elle s'avança vers moi, lentement, souriante, les deux mains ouvertes, pour me montrer, avec douceur, qu'elle saurait faire valoir patiemment ses droits. Elle avait l'air d'un dresseur de chiens.

Plus terrible que mes parents qui étaient, sans raison, constamment soucieux d'être mauvais, Clarisse était duelle et ambiguë. Il y avait six mois peut-être, lorsque je cirais mes bottes, assise comme aujourd'hui sur le carrelage, Clarisse tirait mes jambes, les tordait pour essayer de me faire prendre la position du lotus. Alors elle avait un sourire de bonté narquoise et moi, je riais d'une joie enfantine. Une fois les jambes nouées, je m'amusais à marcher sur les mains, comme les culs-de-jatte.

Ce bonheur-là, mes parents me l'avaient payé d'avance, comme ils m'avaient offert une répétitrice pour le baccalauréat et presque une accompagnatrice pour le voyage à Rome. Cet argent protégeait Clarisse et la victoire qu'elle avait remportée en faisant de moi, l'espace d'un an et demi, une fille bien, elle ne se l'attribuait pas. Elle n'en tirait aucune gloire, aucun orgueil personnel. J'en savais peu sur les tractations qui avaient eu lieu mais j'en montrai assez pour que Clarisse remarque sur mon visage la colère et l'absence de rêves.

Clarisse soutenait mon regard. Elle savait que la semelle biseautée de mes bottes pouvait lui fendre l'arcade sourcilière. Mais je manquais de solidité, j'avais enfilé un vieux T-shirt jaune paille et Rome me manquait pour béquiller et me sentir à nouveau grande. J'ai pensé simplement, la louve de Rome, c'est toi qui vas me la payer.

Quand j'ai retiré les mains du visage de Clarisse, quand j'ai paisiblement ôté deux ou trois cheveux qu'elle avait perdus et qui s'étaient enroulés autour de mes doigts, quand j'ai constaté que mes dents de louve s'étaient bien imprimées sur ses lèvres qui avaient l'air sculptées, Clarisse baissa la tête. Elle était triste. Peut-être que par une fissure à la lèvre, le doute avait pu pénétrer. Elle avait perdu sa gravité de femme qui sait tout, sa pondération d'incollable. Elle n'était plus le professeur, catégorique mais bon, qui cherche sans cesse à améliorer son élève. Non, elle battait des paupières, elle que je n'avais jamais réussi à faire ciller. Je lui ai proposé de lui apporter le téléphone pour appeler ma mère et même, de composer le numéro. Elle préféra s'asseoir sur le canapé et me demander un verre de genièvre, plein.

Je suis allée chercher un verre dans la cuisine, avec toutes les audaces nécessaires dans la démarche, en faisant cliqueter les boucles de mes bottes ouvertes, en prenant bien soin de balancer les épaules sous mon large T-shirt paille. Je sentais que je pouvais désormais tout me permettre et que cette femme assise resterait là, silencieuse et consternée, jusqu'à ce que j'aie fini de jouer avec elle. Si Denis avait été présent, si je n'étais pas allée à Rome, peut-être aurais-je eu une imagination de chat. Mais je n'étais ni griffue ni assoiffée de revanche. J'étais encore trop fatiguée. J'ai pris dans les miennes les mains de Clarisse qui étaient deux blocs fermés et, tranquillement, je lui ai demandé de l'argent, celui qu'elle gardait dans son secrétaire. J'ai exigé cet argent parce que j'avais un voyage à accomplir, parce que mes fonds à moi étaient restés dans la fontaine de Trevi et que je souhaitais aller les récupérer pour m'installer à Rome. Et ton examen, et l'école d'infirmières ? J'ai répondu que personne jamais n'avait pu me consoler d'être née, mais qu'à Rome, j'avais trouvé des pierres plus humaines que les mères, plus compréhensives que les psychologues, plus persuasives et infatigables que les gifles de policiers et surtout, surtout, beaucoup moins lourdes que les encyclopédies de musique et d'architecture qu'il fallait traîner depuis l'étagère au dos rond jusqu'à la table du salon, pour apprendre quelque chose sur le monde.

Tu vas me regretter, bien sûr, puisque j'étais ton gagne-pain. Tu seras triste comme une nourrice dont le bébé est mort. Et j'ai dit d'autres choses qui sortirent de moi naturellement et si vite que Clarisse, qui pourtant avançait les lèvres pour parler, n'eut pas le temps de m'interrompre.

Je suis partie le soir même. Clarisse m'avait donné l'argent, j'ai commandé un taxi pour l'aéroport. J'avais d'abord envisagé de m'enfuir à pied pour mon second voyage d'Italie, les bottes ouvertes, faisant un bruit de guimbarde comme dans les films américains, mais il fallait que je parte vite. J'ai donné à Clarisse un autre baiser de louve, profond et douloureux. Et dans l'aquarium posé sur la télévision, j'ai vu le reflet de ses épaules, de son visage et de sa poitrine.

Malgré son attitude raide, c'est Mina qui rayonnait. Alors j'ai brisé l'aquarium en le jetant de toutes mes forces sur le carrelage. Il a explosé entre mes bottes et j'ai eu le temps de voir jaillir les morceaux de verre comme un essaim de mouches bleues et vertes qui s'envolaient.

DU MÊME AUTEUR

Aux Éditions Gallimard

LA LUNE DANS LE RECTANGLE DU PATIO, 1994

LE JARDIN CLOS, 1994

LE VENTILATEUR, 1995

LA VERRIÈRE, 1996

ELLE FERAIT BATTRE LES MONTAGNES, 1998

L'ÉCRIVAILLON OU L'ENFANCE DE L'ÉCRITURE, 1998

LES CONTES D'APOTHICAIRE, coll. «La Bibliothèque Gallimard», 1998

Aux Éditions Gallimard Jeunesse

SOLOS, coll. « Page blanche », 1996

LA COMÉDIE DES MOTS, coll. « Page blanche », 1997

LES MASSACHUSETTS PRENNENT LA PLUME. Illustrations d'Alice Dumas, coll. Folio junior, ʼⁱ 805, 1997

LE MYSTÈRE DE LA DAME DE FER, coll. «Roman image », 1998

LE POÈME INDIGO, coll. « Page blanche », 1998

LE VALET DE CARREAU, coll. « Page blanche », 1998

Aux Éditions Julliard

L'AMPUTATION, 1990

L'ORCHESTRE ET LA SEMEUSE, 1990

LA MODÉLISTE, 1990

LE LONG SÉJOUR, 1991
LA QUATRIÈME ORANGE, 1992
LES ÉCARTS MAJEURS, 1995
LE VÉLIN, 1995

Aux Éditions Christian Bourgois

GRAVEURS D'ENFANCE, 1993
LA LIGNE ÂPRE, 1998

Aux Éditions Calmann-Lévy

ALBUM, 1995

Aux Éditions Stock

COLETTE. COMME UNE FLORE, COMME UN ZOO, 1997

Aux Éditions L'Atelier du Père Castor/Flammarion

L'ARBRE À PALABRES, 1997. Illustrations d'Isabelle Chatellard. Castor poche, n° 604

LE PRINCE AUX PINCES D'OR, 1998. Illustrations de Michel Boucher, coll. « Faim de loup »

Aux Éditions Thierry Magnier

LE RÊVE DE TANGER, coll. « Aller simple », 1998

COLLECTION FOLIO

Dernières parutions

Composition Euronumérique.
Impression Bussière Camedan Imprimeries
à Saint-Amand (Cher), le 17 août 1998.
Dépôt légal : août 1998.
Numéro d'imprimeur : 983698/1.
ISBN 2-07-040541-9./Imprimé en France.